Walter Zöller

AF204280

Erinnerungen -
wie der Tag sie ergab

Wie es zu diesem Buch kam!

Jetzt halte ich das Tagebuchschreiben schon mehrere Jahre durch und es hat sich anders entwickelt als beabsichtigt. Eigentlich wollte ich wirklich nur festhalten, was sich Tag für Tag ereignet hatte, wohl ein Bedürfnis wegen der sich steigernden Vergesslichkeit, um das hässliche medizinische Wort zu vermeiden. (Verdammt noch mal, was habe ich bloß vorgestern gemacht?).

Doch beim Schreiben ergaben sich dann Erinnerungen. Irgendein Stichwort brachte etwas aus der Vergangenheit zu Tage und es machte Vergnügen, es wieder lebendig werden zu lassen. Und ganz ungewollt beginnt nun eine Entwicklung, die ich so nie geplant hatte.

Seit langem werde ich immer wieder aufgefordert, nach fast 60 Jahren politischer und über 44 Jahren Stadtratstätigkeit meine Memoiren zu schreiben. Das habe ich immer weit von mir gewiesen. Wer bitte, frage ich, soll die denn lesen? Mir war stets das Beispiel der Bücher von Kommunalpolitikern eine Warnung, die für € 19.80 frisch angeboten wurden und nach wenigen Wochen für € 2.95 in der Ramschkiste zu kaufen waren.

Da wollte ich mich nicht wieder finden. Aber jetzt schreibe ich über die Vergangenheit ohne jede Erwartung darüber, was mit den Kapiteln geschehen könnte. Es macht mir einfach Spaß.

(Ich schreibe natürlich immer noch, wie einst die Matrizen der Schülerzeitung, im Ein-Finger-Suchsystem. Wie bewundere ich die Jungen mit ihren über die Tasten fliegenden Fingern).

Das ist jetzt eine Augenblicks-Analyse. Wie lange die Lust am Schreiben anhält, weiß ich nicht. Aber an Material wird es mir nicht fehlen, zu viel taucht aus dem Unterbewusstsein auf.

Eine weitere Motivation ist, festzustellen, wie wenig von relativ kurz zurückliegenden Zeiten selbst politisch engagierte Menschen noch wissen. Ein Beispiel: In meiner Jahresabschlussrede im Plenum am 14.12.2016 erwähnte ich, dass im Dezember 1986, also vor 30 Jahren, CSU und die Grünen den Hauhalt für 1987 ablehnten und die Stadt erstmals ohne genehmigten Haushalt ins neue Jahr gehen musste. Eine Sensation. Und als ich mich während meiner Rede umsah, blickte ich in viele erstaunte, ja ungläubige Gesichter. Auf meine späteren Nachfragen fand ich unter den Kolleginnen oder Kollegen niemanden, der von diesem Ereignis etwas wusste.

Walter Zöller, am 19.12.2016

Vorwort Christian Ude

(Oberbürgermeister von München von 1993 - 2014)

Zum Geleit durch viel zu viele Jahre

Die schlechte Nachricht zuerst - nicht etwa weil sie neu wäre oder dringlich oder wichtig, nein, nein, das ist sie nicht, nur bei aller erkennbarer Boshaftigkeit durchaus geeignet, sich ein wenig als Egodämpfer nützlich zu machen, natürlich nicht beim bekannt bescheidenen Autor dieser Zeilen, sondern beim Autor dieses Buches, dem auch - was sage ich: vor allem! - Parteifreunde eine gewisse Neigung zu einem überaus ausgeprägten Selbstbewusstsein nachsagen, das sich ärgerlicher Weise nicht nur auf die allzu üppigen Einkünfte eines bayerischen Notars stützen kann, was man ja notfalls als neidischer Zeitgenosse noch mit sozialem Ingrimm bekämpfen könnte.

Also, hier die schlechte Nachricht: Walter Zöller war niemals Münchner Oberbürgermeister, obwohl er diesem Titel stets mehr abgewinnen konnte als der Bezahlung kommunaler Wahlbeamter in Bayern, und er hat es niemals geschafft, sich wenigstens ein halbes Jahrhundert lang als noch schlechter bezahlter ehrenamtlicher Stadtrat zu behaupten. Wumms, würde Olaf Scholz sagen, das ist ja ein Vorwort mit Wumms!

Das ist einerseits durchaus richtig, allerdings hat der Wumms den unübersehbaren Nachteil, nicht länger einer näheren Betrachtung Stand zu halten. Beginnen wir, wie es sich immer gehört, mit dem Oberbürgermeister. Das war Walter Zöller wirklich nie, was ihm erlaubte, das Salär eines Notars einzusacken und nicht mit den bescheidenen Bezügen eines kommunalen Wahlbeamten vorlieb nehmen zu müssen. Aber auch die Münchner waren gierig,

4

wollten zeitweise nicht mit einem Stadtoberhaupt zufrieden sein, sondern begehrten in ihrer übersteigerten Anspruchshaltung deren zwei, wie es ja inzwischen auch vorübergehend zwei Päpste zur selben Zeit gab. In Rom unterschied man zwischen dem emeritus und dem amtierenden, in München, wo man es immer gerne etwas schillernder hat, zwischen dem heimlichen und dem unheimlichen.

Kurz gesagt: Walter Zöller war drei Jahre lang der heimliche OB der bayerischen Landeshauptstadt, was zwar in keinem Lexikon steht, aber dafür in unzähligen Schlagzeilen stand. Ein heimlicher OB! Wie peinlich ist das denn? Es gibt in städtischen Diensten nicht einmal einen heimlichen Inspektor, und wenn, dann müsste er sofort zum Verfassungsschutz oder zum Militärischen Abschirmdienst und immer höllisch darauf aufpassen, dass er niemals auffällt. Ein heimlicher OB hingegen existiert Dank des Chores der Zeitungsenten tatsächlich und muss sich tagtäglich abrackern, dass er immer wieder auffällt, weil sonst die Leute merken könnten, dass es ihn gar nicht gibt.

So viel zum heimlichen OB, der zu den größten Rätseln und Geheimnissen des bayerischen Gemeinderechts gehört. Es ist ja kein Lehrberuf und auch kein Job, in den man hineingewählt werden könnte. Denn wenn man gewählt wird, ist man ja gleich ein unheimlicher OB. Nein, der heimliche OB erfordert eine unheimlich seltene Konstellation, zunächst einen unheimlichen OB, der trotz Amtsdauer und Pensionsberechtigung unterwegs die Macht verliert, sodass ein anderer sie erringen kann. Wenn das geschieht, hat man plötzlich zwei Stadtoberhäupter. Das Genie eines heimlichen OB besteht jetzt darin, dass er die einmal zusammengewürfelte Stadtratsmehrheit dauerhaft zusammenhalten muss, was zwar kein Geld kostet - man darf ja Notar bleiben! - aber jede Menge Nerven. Man darf sich deshalb den heimlichen OB nicht als Schmarotzer vorstellen, der anderer Leute Wahlerfolge sinnlos verprasst, sondern als Inhaber eines entsagungsvollen Jobs, der trotz der eigenen Riesenstatur auch den kleinsten Zwerg seiner Überläufermehrheit mit unterwürfigen Schmeicheleien bei der Stange halten muss (wie ein richtiger, also unheimlicher OB, dem dies allerdings von Beginn seiner Amtsperiode an klar ist, sodass dieses Schicksal ihn nicht so unverhofft trifft).

Zurück zu Walter Zöller: Er hielt seine 1987 gewonnene Stadtratsmehrheit bis zur Neuwahl 1990, auf die wir selbstverständlich voller Wollust noch zurückkommen werden, tatsächlich beisammen und ging somit als heimlicher OB und Schwarzer Riese in die Stadtgeschichte ein. Und warum konnte er sich nicht einmal ein halbes Jahrhundert als ehrenamtlicher Stadtrat halten? Die Frage geht ein wenig an der Lebenswirklichkeit vorbei und soll vom Groll des Autors (wiederum dieser Zeilen) ablenken, dass Walter Zöller sich tatsächlich doppelt so lange im Rathaus halten konnte als der Autor (immer noch: dieser Zeilen), der es gerade mal auf die Hälfte brachte. 48 Jahre! Gefühlte Ewigkeiten. Sogar erlittene Ewigkeiten, wenn man an manche Stadtratsdebatte denkt. Ringsum Finsternis - und kein Licht am Ende des Tunnels. Normale Stadträte lösen schon nach zwei Perioden Krisensitzungen ihrer Partei aus, wie man denn dem Senior einen Amtsverzicht schmackhaft machen könne - und dann gleich 48 Jahre! Wieder ein Alleinstellungsmerkmal - auch wenn es wahr ist, dass er um sein Leben gerne die 50 vollgemacht hätte. Oft ist es der eigene Ehrgeiz, der das Große klein macht.

Und was hat ihn so groß gemacht, dass ihn Journalisten schon als „Schwarzen Riesen" priesen? Hier kommt man selbst als Gegner um seine Kompetenz nicht herum, auch wenn man Leute, die ein bayerisches Staatsexamen mit Notarsnote bestanden haben, eigentlich nicht leiden kann und erst recht nicht loben mag. Bei so unendlich vielen Jahren kommt Erfahrung zwangsläufig noch hinzu. Aber auch Witz. Und da fallen mir doch tatsächlich noch zwei Beispiele ein, die diesem flüchtigen Werk einen beständigen Charakter verleihen mögen:

In der Vollversammlung: Bernhard Fricke spricht. Er spricht für die Bürgerinitiative „David contra Goliath" und gegen ein Bußgeld, das soeben über ihn verhängt wurde, weil er bei der Abstimmung über den Haushalt weder mit Ja noch mit Nein stimmte, sondern sich enthalten wollte, was das Kommunalrecht aber nicht erlaubt. Während sich der Plenarsaal entleerte, weil immer mehr Ratsmitglieder ins „Weißwurstzimmer" drängten, zählte er einerseits die Verdienste von Rotgrün auf, deretwegen er keinesfalls gegen den Haushalt stimmen wolle, aber auch alle Mängel dieser Welt, die durch den Münchner Stadthaushalt nicht abgestellt werden, sodass er sich auch nicht zu einer Ja-Stimme durchringen könne. Das Weißwurstzimmer war schon überfüllt, selbst Stehplätze gab es nur noch im Foyer, da platzte Walter Zöller der Kragen!

Er stand auf, blätterte dem Kollegen zweihundert Mark auf den Tisch und sagte: „Ich zahle Dein Bußgeld, wenn Du mit Deiner Rede sofort aufhörst!" Das Weltgewissen steckte die Scheine ein - und schwieg.

Und nochmals im Plenum: Bernhard Fricke sprach zum Haushalt des kommenden Jahres. Eine Tour d'horizon durch fünf Kontinente, von den Weltmeeren ganz zu schweigen! Die Wüsten weiten sich aus, die Alpen schmelzen dahin, das Ozonloch wächst, die Ozeane treten über die Ufer, der Regenwald wird abgeholzt, was ja alles stimmt, aber kaum mit Münchner Haushaltsmitteln zu stoppen ist. Da beschwor der Redner seine Kollegen, die Schöpfung zu retten, der Schöpfer werde es ihnen danken, er stehe ihm im Wort, sein Bestes zu geben - da nutzte Walter Zöller eine Atempause, neigte sein Haupt und fragte Fricke: „Meister, würden Sie uns jetzt noch Ihren Segen geben?"

Zugunsten von Bernhard Fricke muss aber auch noch angesprochen werden, dass er es war, der das Stadtratshearing über den Umbau des Olympia-Stadions beantragt hatte, bei dem die Vertreter des Büros Behnisch ihren eigenen Entwurf, für den sie schon das stattliche Honorar kassiert hatten, in den Boden stampften. Da schauten dann der Verfasser dieses Buches und der Verfasser dieser Zeilen gemeinsam mit dem Ofenrohr ins Gebirge, weil sie wie fast der gesamte Stadtrat den Fußball im Olympiapark hatten halten wollen. Mein Gott Walter, ist die Realität oft kompliziert!

So auch bei dem Thema, das in diesem Buch rätselhaft „Silberhochzeit von Edith Welser-Ude und Christian Ude" heißt. Ja es ist wahr, da warst Du der Festredner, denn schließlich hast Du Dich während Deiner endlosen Amtszeit (siehe oben) als Stadtrat schon mit uns beiden herumschlagen müssen, mit Edith bis 1990 als Planungssprecherin der SPD. Dein Anspruch, ich hätte den OB-Job nur Dir zu verdanken, weil Du meine Wahl zum Kreisverwaltungsreferenten (als Nachfolger von Peter Gauweiler) unterbunden hast, ist für mich gut nachvollziehbar, auch wenn ich damals saugrantig über diese Niederlage war: Die SPD hätte mich wohl nie so ins Herz geschlossen, wenn ich tatsächlich einige Jahre für Sicherheit und Ordnung zuständig und an Entscheidungen der Rechtsaufsicht und der Verwaltungsgerichte gebunden gewesen wäre.

Aber Du könntest Deinen Anspruch, mir den Weg geebnet zu haben, noch viel grundlegender begründen: Ohne Deine „Gestaltungsmehrheit"von 1987 bis 1990 und Deine Glanzzeit als „heimlicher OB" wäre das Wahlvolk nicht so sauer auf die CSU und der damalige tatsächliche OB Georg Kronawitter vermutlich nicht so grimmig entschlossen gewesen, Deinem Treiben ein Ende und der CSU den Stuhl vor die Tür zu setzen und es um jeden Preis mit Rotgrün zu versuchen! Ach, wie fintenreich und überraschend kann doch die Kommunalpolitik sein. Und Du kannst für Dich den Anspruch erheben, die schärfste und witzigste Analyse dieses Konflikts in diesem Buch zu referieren. Als Du bei unserer Silberhochzeit nochmals Deine Aussage wiederholt hast, ich würde das OB-Amt nur Dir verdanken, rief Edith dazwischen: „Aber gewollt hast Du das nicht!" Darauf Deine Antwort, ebenso schlagfertig wie zutreffend:

„Ich bin ein Teil der Kraft,
die stets das Böse will und stets das Gute schafft!"

Der gute alte Faust! Bei aller Bescheidenheit sei es vermerkt: Ich hätte es nicht besser sagen können als Goethe! Lass uns die hitzigen Kontroversen, die wir in vergleichsweise jungen Jahren - stets mit dem Florett und nicht mit dem Holzhammer - ausgefochten haben, mit dieser Gelassenheit und Weisheit des Alters genießen!

Christian Ude, Juli 2020

Er regierte drei Jahre die Stadt ....

Die letzten drei Wochen waren für mich vor allem geprägt durch die Konzertsaal-Debatte, bei der ich in der Fraktion als einziger gegen die Planungen Seehofer-Reiter gestimmt hatte. Dies blieb der SZ nicht verborgen und so werde ich seither als einziger aufrechter Kämpfer für die Hochkultur gefeiert.

Viele Ältere erinnern sich jetzt auch wieder an meinen Widerspruch zu FJS vor 44 Jahren. Geht es jetzt zurück zu den Wurzeln? Da würde sich ein Kreis schließen. Aber diesen Zusammenschluss möchte ich so bald nicht haben. Nochmal zurück zu der erwähnten Fraktionssitzung. Im privaten Gespräch teilten viele Kollegen meine Meinung, aber niemand stand mit seinem Abstimmungsverhalten dazu. Ich konnte mir dann die Bemerkung nicht verkneifen: „Ich wusste gar nicht, wie viele hier noch etwas werden wollen."

Ich selbst muss nichts mehr werden – ich war in der Kommunalpolitik schon alles – und andere Ebenen haben mich nie gereizt, nicht einmal das Angebot von Biedenkopf 1993, in sein Kabinett zu gehen. Und OB? Wie schrieb die SZ zu meinem 70. Geburtstag? „Er regierte drei Jahre die Stadt. Er war der mächtigste Oberbürgermeister, den die Stadt nie hatte."

19.02.2015

Verwaltungsideologie

Wenn man gutgläubig der Meinung ist, eine Verwaltung arbeite nach streng objektiven Kriterien, verkennt man völlig, wie stark Ideologien auch das Handeln von Behörden durchdringen. Ein schönes Beispiel dafür sind Diskussionen über die Verkehrspolitik. Es ist über viele Jahre gelungen, die Terminologie ideologisch zu besetzen. Die verschiedenen Gruppen der Verkehrsteilnehmer werden zweigeteilt: Einerseits die Teilnehmer des „Umweltverbundes"

(Fußgänger, Radfahrer und öffentlicher Personennahverkehr) und andererseits der MIV (Motorisierter Individualverkehr) – gesprochen leicht angewidert: Mieeev. Jeder kann sofort fühlen, wo die Guten und wo die Bösen sind.

20.02.2015

Günter Grass

Am 13.4.2015 ist Günter Grass gestorben. Bei jeder Laudatio auf mich erzählte Christian Ude genüsslich, wie er als junger SZ-Reporter 1969 im Bundestagswahlkampf eine Diskussion zwischen Grass und mir verfolgte. Ich soll dem SPD Wahlkämpfer (dich predige ich Demokratie) damals eine Ideologie des Neides vorgeworfen haben.

Nachdem Grass sich nach meinem Beruf (Rechtsreferendar) erkundigt hatte, soll er mir entgegnet haben: „Junger Mann, was heißt hier Neid, ich zahle mehr Steuern als Sie jemals verdienen werden." Viele Jahre später traf ich Grass wieder beim Literatur Festival im Gasteig. Ich war überrascht, dass er mich sofort wiedererkannte und sich an unsere Diskussion erinnerte. Aber seit vielen Jahren nervte er mich mit seinen politischen Äußerungen und so ist auch mein heutiger Kommentar zu seinem Tod zu erklären: „Endlich hat ihn der Herr erlöst."

01.05.2015

Selbstentmachtung!

Keine Gruppe der Bevölkerung arbeitet so lustvoll auf ihre eigene Bedeutungslosigkeit hin wie die der Politiker. Eigentlich war parlamentarische Demokratie so gedacht: Die Bürger übertragen wichtige politische Entscheidungen auf Zeit Menschen, deren Fach- und

Sachkompetenz sie vertrauen und nach Ablauf der Wahlperiode überprüfen sie ihre Wahl und eventuell revidieren sie sie. Das hat sich grundlegend geändert. Heute wird Tag für Tag der sogenannte „Bürgerwille" erforscht, transportiert durch quotengierige Medien und wer sich am lautstärksten artikuliert, auf dessen Stimme wird gehört. Niemand hinterfragt die Qualifikation des „Bürgers", es genügt, dass er seine „tiefe Betroffenheit" zum Ausdruck bringt und - das ist unerlässlich - den zuständigen Politikern Inkompetenz und unlautere Motive unterstellt. Das erzeugt einhelligen Beifall und gilt als neuerlicher Beweis für die „Politikverdrossenheit" gro-ßer Teile der Bevölkerung. Merkwürdig nur, dass sich der gleiche frustrierte Bürger vertrauensvoll an „seinen" - meist kommunalen - Mandatsträger wendet, wenn er selbst ein Anliegen hat, mit dem er im normalen Verfahren bei den Behörden gescheitert ist. Dann erwartet er selbstverständlich eine Sonderbehandlung, die er bei anderen empört als Korruption anprangern würde.

15.05.2015

Christian Amlong

Seit Wochen trage ich die dicke, über hundert Seiten umfassende Beschlussvorlage mit sage und schreibe 61 Antragspunkten. „Wohnen in München 6" mit mir herum. Ich finde immer wieder einen Grund, unter Hinweis auf noch kommende freie Tage die Lektüre zu verweigern. Und schließlich kommt die Stunde der großen Plenumsdebatte immer näher und ich rette mich in die Erinnerung an meinen alten Freund und auch parteipolitischen Gegner, Stadtbaurat Uli Zech, der in einer Diskussion auf meinen Vorhalt, er sage das Gegenteil dessen, was seine eigene Vorlage enthalte und ob er sie nicht gelesen habe: „Herr Kollege, ich lese meine Vorlagen durch Handauflegen". Also, denke ich, nach über 44 Jahren Stadtrat kann ich Handauflegen auch und warum soll ich das dicke

12

Ding durcharbeiten, mir Anmerkungen für meine Rede machen? Am besten bin ich doch immer in freier Rede, ohne auf Notizen zurückzugreifen.

Und dann geschieht heute wieder das Wunder, das ich mir noch nie erklären konnte: "Ich werde aufgerufen, sage die aktuell etwas erweiterte Eingangsformel (Herr Oberbürgermeister, lieber Christian, Kolleginnen und Kollegen) und dann kommen die Sätze wieder wie von selbst, keine Ahnung woher, vorher wusste ich nicht, was ich sagen würde.

Würde ich das alles notieren, wenn die Rede ein Flop gewesen wäre? Weiß nicht. Sie war ein großer Erfolg. „da capo" hörte ich und wieder einmal die Frage: „Warum redest Du nicht häufiger?" Oder um Podiuk zu zitieren: „Er kann doch, wenn er will."

Christian habe ich eingangs angesprochen, weil Christian Amlong heute seine Abschiedsrede als ehrenamtlicher Stadtrat gehalten hat.

Ich ging in meiner Erwiderung darauf ein, natürlich launig, und prophezeite ihm abschließend, er werde in seiner neuen Funktion als GWG Geschäftsführer die Reste seiner linken Ideologie bei der Konfrontation mit den Realitäten verlieren.

Ein Ärgernis muss ich noch festhalten. Seit Monaten schreiben alle Münchner Zeitungen über die Wohnungsprobleme, aber bei dem Beschluss über die Maßnahmen für die nächsten fünf Jahre fehlen alle Journalisten mit Ausnahme des SZ Berichterstatters.

15.11.2016

Eine Nacht in Venedig – Frühjahr 1991

Am 10. Januar 2016 ist David Bowie gestorben. Er war der einzige Weltstar, mit dem ich zwei Abende verbracht habe. Das kam so: Ich wollte 1991 einmal den berühmten Carneval in Venedig erleben. Herr Tesche, ein leitender Mitarbeiter im Planungsreferat und seine

Frau Tesche-Mentzen, eine renommierte Malerin, empfahlen mir als Unterkunft ein Zimmer in einem Palast, zu mieten von Caroline, einer französischen Freundin, die eine ganze Etage nutzte.

Mit dem Carneval allerdings hatten wir Pech. Er war wegen des zweiten Golfkrieges in fast ganz Europa abgesagt worden. Eine schöne Enttäuschung. Aber Caroline wollte sich die Freude nicht verderben lassen und lud Freunde und Bekannte zu einer privaten Party ein - darunter David Bowie mit Iman und Grace Jones, die ich immer in dem James Bond-Film „Im Angesicht des Todes" bewundert hatte - in einer Rolle, bei der man sich immer fragte, ob es sich um einen Panther in Frauengestalt handle.

Grace Jones erkannte ich natürlich sofort, aber als offenbar alle Gäste da waren, fragte ich Caroline, ob Bowie noch komme. Sie lachte: „Da ist er doch" und zeigte auf einen bärtigen Mann. So hatte ich ihn nach den mir bekannten Bildern nicht in Erinnerung.

Es war ein kleiner Kreis von Gästen, man kam schnell in Kontakt. Grace wählte mich als bevorzugten Tanzpartner - bekanntlich ist Tanzen nicht meine größte Leidenschaft, aber in diesem Fall …

Um diesbezüglich das Ende des Abends vorweg zu nehmen: mein Smokinghemd war voll Lippenstift und mehrere Wochen war ich unschlüssig, ob ich es reinigen lassen solle. Ich tat es schließlich und ärgere mich heute noch darüber.

Aber in Erinnerung bleibt mir der Kuss von Grace, als ich schon im Bett lag, sie in mein Zimmer, das neben ihrem lag, huschte und schon wieder verschwunden war.

Und David Bowie? Mit ihm kommunizierte ich die halbe Nacht und erlebte eine unerwartete Überraschung: Er erwies sich als begeisterter Wagner-Fan und je später der Abend und die Nacht wurde, desto länger sangen wir allein oder gemeinsam Arien: „Wer meines Speere Spitze fürchtet ..." etc.

Ihm machte das auch großen Spaß und als wir feststellten, dass sie und wir als nächste Station Verona gewählt hatten, luden Iman und er uns zum Abendessen ein.

Damals gab es keine Handys, mit denen man schnell Telefonnummern hätte austauschen können und so gab ich Bowie die Adresse unseres Hotels in Verona und er versprach, dort anzurufen. Ich war skeptisch und erwartete den Anruf eigentlich nicht, aber er erfolgte und wir wurden in das Nobel-Restaurant „Duodeci Apostoli" eingeladen.

Die Tischgespräche mit unseren Gastgebern brachten für mich eine neue Erkenntnis. Das prominente Paar - sie heirateten im Jahr darauf - verbringt seine freie Zeit mit viel Museumsbesuchen in der ganzen Welt und beide erwiesen sich als höchst gebildet und vielfach interessiert - das erwartet man nicht ohne weiteres von einem Popstar und einem Supermodel, die als erste Schwarze den Titel von Vogue zierte.

Der Inhaber des Restaurants war natürlich begeistert über seinen Gast und so führte er uns durch seinen gigantischen Weinkeller, der sich nicht nur unter seinem Grundstück, sondern auch noch unter der angrenzenden Straße befindet.

Bowie sah ich nochmals einige Wochen später kurz Backstage bei seinem Münchner Konzert im Circus Krone, wo er in der Wartezeit bis zu seinem Auftritt über Lautsprecher Wagner spielen ließ.

12.02.2016

Handysucht ...

Wenn man in U-oder S-Bahn Frauen, vor allem jüngere, beobachtet, macht man die erstaunlichsten Erfahrungen. Dass praktisch jede ein Handy in der Hand hat, ist mittlerweile schon eine Selbstverständlichkeit und fällt nicht mehr weiter auf, eben so wenig die ungeheure Geschwindigkeit, mit der die Frauenfinger über die Tastaturen huschen.

Aber heute habe ich in der S-Bahn mir gegenüber doch eine neue Qualität beobachtet: Die Frau studierte ein mehrseitiges Schriftstück, hielt es mit der linken Hand, blätterte mit der rechten, mit der aber auch noch stetig das Handy festgehalten und gelegentlich bedient wurde - ohne einen Blick darauf zu werfen, denn die Aufmerksamkeit galt ja dem Schriftstück.

Ich bin mir mittlerweile sicher: Die Babys irgendeiner künftigen Generation werden schon mit eingebautem Handy zur Welt kommen, natürlich mit viel kleineren als unsere heute und sollte ein Kind ohne geboren werden, gälte es als Missgeburt und die Mutter seufzt verzweifelt: "Womit haben wir dieses Unglück verdient?"

16.11.2016

Das jährliche Klassentreffen

Beim Gedanken daran fällt mir jedes Mal der Beginn meiner Abitur Rede vor 56 Jahren ein die ich, soweit ich mich erinnern kann, mit einem Zitat aus Franz Werfels „Abituriententag" begann - zum Erstaunen der Zuhörer: „Es treffen sich grundlos duzende Männer." Interessant dabei ist, dass nur von Männern die Rede ist, zur Zeit der Verfassung des Buches war es offenbar nicht üblich, dass auch Frauen unter den Abiturienten waren.

Das ist heute etwas anderes bei uns, wir hatten immerhin ein Mädchen in der Klasse, unsere Anneliese, die heute auch da war, neben 16 Männern. Wenn es hoch kommt, kann ich mich gerade bei einem guten Viertel an die Namen erinnern. Erfreulich ist, dass heute das fast jährliche Ritual entfallen kann: Gedenken an den oder die verstorbenen Mitschüler.

Nach drei Stunden ist ein harter Kern verblieben, neben meinem alten Freund Ludwig noch der Organisator Karl Oppenrieder,

16

Helmut Biber und Jürgen Bechler. Mit Geschichten aus der Schulzeit wird es sehr lustig.

Wieder zu Hause, schauen wir uns noch die „Heute Show" an. Ein längerer Beitrag ist Frank Walter Steinmeier gewidmet: Der designierte Bundespräsident wird gnadenlos verächtlich gemacht. Bibi fragt mich erstaunt, ob man so etwas Respektloses machen dürfe. Der ganze Beitrag hatte zudem unterstes Niveau, jeden Politiker kann man lächerlich machen, indem man aus einer längeren Rede einen Satz aus dem Zusammenhang reißt.

Da kommt dann immer der berühmte Tucholsky-Satz. „Satire darf alles". Aber zum einen darf Satire, um den Namen zu verdienen, ein gewisses Niveau nicht unterschreiten, zum anderen ist vielen Fernsehmachern der Gedanke fremd, dass sich manches, das juristisch erlaubt sein mag, einfach nicht GEHÖRT. Vor lauter Sucht nach Gags und dem billigen Beifall des Saalpublikums kommt das Gefühl für Anstand völlig abhanden.

Überhaupt diese Perversion, genannt „Saalpublikum" . Für einen Platz in der Sendung, in der Hoffnung, von der Kamera einmal eingefangen zu werden, glaubt man offenbar, jeden Blödsinn müsse man aus Dankbarkeit beklatschen oder bejubeln. Man muss nur in die erwartungsvoll gläubigen Gesichter sehen, wenn der Moderator erscheint - ja „erscheint": Die Inszenierung hat etwas fast Religiöses - wobei wohl viele nicht wissen, dass das Ganze vorher eingeübt wurde: Beifall auf Befehl.

18.11.2016

Mein Koalitions-Management
in den Jahren 1987 - 1990

Die Situation war in mehrfacher Hinsicht kompliziert. Zum einen hatten wir nur eine Stimme Mehrheit (41 zu 40), zum anderen bestand die Koalition aus drei Partnern: CSU 35, FDP 4, Kripp und Henkel (die beiden EX SPDler). Es galt also, zu jedem Tagesordnungspunkt in jedem Ausschuss die knappe Mehrheit zu sichern und wer die Psychologie von Parteien kennt, weiß: je kleiner, desto empfindlicher, desto profilierungssüchtiger.

Bei jedem Kompromiss muss darauf geachtet werden, dass sich jeder Partner „wiederfindet" und bei einer Stimme Mehrheit hat jeder der 41 das Gefühl, auf ihn komme es an: Das inhaltliche Erpressungspotential ist gewaltig. Aber wie war es mir gelungen, die eigene Mannschaft einzubinden?

Natürlich gab es am Anfang immer wieder Ärger, wenn ich die Ergebnisse der Koalitionsverhandlungen in der Fraktionssitzung mitteilte. „Wir sind so viele, die anderen so wenige, warum müssen wir so oft nachgeben?" Gegen dieses Murren half kein Hinweis auf die knappste aller möglichen Mehrheit, die eigenen Leute wollten an der Entscheidungsfindung beteiligt werden. In dieser Zwangslage fand ich die Lösung: Ich verlegte die Koalitionsgespräche auf Freitag Mittag Open End und lud jedes Fraktionsmitglied zur Teilnahme ein: Jeder soll mitreden können! Die ersten Sitzungen waren gut besucht, aber das bröckelte ziemlich schnell, Open End an einem Freitag, oft bis in den späten Abend, da hat man doch etwas Angenehmeres zu tun.

Und am nächsten Montag in der Fraktionssitzung? Wer wollte schon noch Ergebnisse kritisieren und sich die Frage gefallen lassen, ob er sich wohl zu gut gewesen war, an den Beratungen teilzunehmen? Oder mit der ironischen Bemerkung abgefertigt zu werden: Wärst Du gekommenen, hätten wir Deine wichtige Meinung sicher berücksichtigen können. Diese Blamage wollte niemand riskieren.

Der Hauptgrund für die Geschlossenheit und die relative Ruhe in der CSU Fraktion waren aber die politischen Erfolge. Nach dem

Verlust der absoluten Mehrheit 1984 und der faktischen Rot-Grünen Zusammenarbeit bis 1987 breitete sich Euphorie über die wiedergewonnene Durchsetzungsfähigkeit aus. Ich wurde von den Medien empor gejubelt, „Heimlicher Oberbürgermeister", „Schwarzer Riese" waren die ständig wiederholten Bezeichnungen.

Der beste Beleg dafür war ein Kommentar des Chefreportes der Süddeutschen Zeitung, Herbert Riehl-Heyse, vom 11.04.1987. Ich zitiere: „Weil inhaltlich während all dieser Jahre nicht allzu heftig diskutiert werden musste, lavierte man sich eben auch in München einigermaßen durch - und das ging so lange gut, bis eine wieder selbstbewusst gewordene CSU mit einem ehrgeizigen und strategisch begabten neuen Fraktionsführer an der Spitze daran ging, den Sozialdemokraten das Konzept zu verderben. Dieser Fraktionschef, Walter Zöller, brauchte nach seiner Wahl etwa 14 Monate bis er die Münchner SPD Rathausfraktion in ihre Bestandteile zerlegt hatte."

Meine dauernden Auseinandersetzungen mit OB Kronawitter lieferten der Presse willkommenen Stoff, wenn er etwa ständig klagte: „Man kann nicht gegen den vom Volk gewählten Oberbürgermeister regieren" und ich sehr unfein antwortete: „Wenn Sie bei der Mehrheit sein wollen, können Sie gerne unser 42. werden." Heute bedauere ich diese Arroganz, die ich mir nur dadurch erklären kann, dass Kronawitter mir gegenüber noch deutlich brutaler agierte. Darüber ein anderes Mal.

23. 11. 2016

Bauausschuss des Deutschen Städtetages in Nürnberg

Wie immer bei diesen Sitzungen hat man von der gastgebenden Stadt wenig, da die Tagesordnung übervoll und das Mitteilungsbedürfnis der Teilnehmer groß ist. Aber immerhin konnte ich Bibi motivieren, mich zu begleiten nach unserem Motto: „Bayern kennen

lernen" - nunmehr in kurzer Zeit das zweite Ziel nach der Mainge-
gend, wo es mir ein besonderes Anliegen war, durch den Geburtsort
meines Vaters, Dorfprozelten, zu fahren und Orte wieder zu sehen,
an denen ich als Jugendlicher meinen Spaß hatte, etwa per Hand
die Bahnschranken zu bedienen, die es immer noch gibt, aber jetzt
sicher automatisiert.

Hauptdiskussionspunkt wie oft die Wohnungsfrage. Zu Beginn
der Aussprache verblüffe ich den Kreis mit der Ankündigung, ich
habe nicht vor, mich erneut zu Wort zu melden, da die Situation
Münchens singulär sei und ich nicht erwarte, im Laufe des Tages für
uns neue, verwertbare Erkenntnisse zu gewinnen. Und ich schließe
mit meiner Lieblingsthese: „Je mehr Wohnungen wir bauen, desto
mehr Wohnungen haben wir zu wenig."
Eigentlich bin ich der Wohnungspolitik überdrüssig. Seit 50 Jahren beschäftige ich mich damit, schon vor dem Stadtrat im Bun-
desvorstand der Jungen Union bei der Erarbeitung eines Boden-
rechtpapiers, in dem wir doch tatsächlich die Abschöpfung des
Planungsgewinnes forderten. Dann ab 1978 maßgebliche Mitarbeit
am Wohnraumbeschaffungsprogramm, Konzeption des Familien-
förderungsprogramms, dann, als ich in der Stadt das Sagen hatte,
mein Lieblingsprojekt: Einführung eines kommunalen Wohngeldes,
nach dem Machtwechsel zu Rot-Grün nach 1990 sofort wieder abgeschafft. Ich bin überzeugt: Heute wären wir froh, hätten wir das
Instrument immer noch und wir müssten nicht über eine Milliarde
in Neubau und Ankauf von -vermieteten- Wohnungen stecken, sondern könnten mit einem Bruchteil der Summe gezielt, ohne „Fehl-
belegung" fördern. Fazit: Alles bereits versucht und die Lage ist
schwieriger denn je.
Zu den Sitzungen des Bauausschusses muss ich doch anmerken,
dass alle Diskussionen mit großer Sachkunde und Engagement geführt werden. Die Mitglieder sind fast alle Baudezernenten, deren
Berufsbezeichnung in den einzelnen Bundesländern unterschiedlich

sind, jedenfalls sind sie alle Profis. Nur wir Bayern entsenden auch ehrenamtliche Stadträte.

Am Freitag Abend noch eine tolles Konzert in der ausverkauften Olympiahalle: ELTON JOHN, der mit seinen 69 Jahren zweieinhalb Stunden ohne Pause durchspielt, und die Begeisterung gegen Ende explodieren lässt.

24./25. 11. 2016

Dr. Manfred Probst

Mittagessen im „Blauen Bock" mit meinem alten Freund Manfred Probst. Er wird nie müde, bei jeder Gelegenheit zu betonen, dass wir uns schon aus gemeinsamer Studienzeit kennen, nun seit 55 Jahren. Beruflich hatten wir viel miteinander zu tun.

Seine Spezialität als Rechtsanwalt war und ist die Baurechtsentwicklung. In diesem Bereich hat er sich bei der Stadt hohes Ansehen erworben, weil er nie konfrontativ, sondern immer ausgleichend agiert. Während andere Anwälte oft Prozesse ansteuern, will er dies vermeiden und versucht eine Lösung im beiderseitigen Interesse zu erreichen.

Vor allem hält er einen intensiven Kontakt zu den Planungssprechern im Stadtrat. Ich amüsiere mich jedes Mal über seine Anrufe, wenn es um eine Terminvereinbarung geht. „Walter, heute musst du mir ausnahmsweise einen großen Gefallen tun. Meine Mandanten haben nur an diesem Tag Zeit, an dem auch die anderen Planungssprecher können und ohne dich geht ja gar nichts."

Natürlich mache ich den Termin möglich.

Bei diesem Mittagessen lerne ich etwas. Angeboten wird eine Suppe, deren Bezeichnung mir gar nichts sagte „Topinambur". Sie schmeckt großartig, was ich auch dem Sternekoch Bachmeier sagte.

Er erklärte mir, die Suppe enthalte eine Kreuzung aus Artischocke und Kartoffeln und als Höhepunkt der Belehrung: „Das alles wurde früher in Bayern an die Säue verfüttert."

29.11.2016

Hauptausschuss Deutscher Städtetag in Essen.

Natürlich versuche ich, so oft wie möglich daran teilzunehmen, bin ich doch jetzt, nach dem Ausscheiden meines alten Freundes Ivo Holzinger, SPD-OB aus Mutters Geburtsstadt Memmingen, auch in diesem Gremium der Dienst-Älteste (seit 1984). Dieser Status erklärt sich auch daraus, dass hier praktisch fast alle Mitglieder Bürger- oder Oberbürgermeister sind, die einer Altersgrenze unterliegen und sofort nach Dienstende ausscheiden müssen. Für mich gibt es dies durch Gesetz nicht.

München - Essen. Das ist so eine Entfernung, bei der man sich zwischen Bahn und Flugzeug entscheiden muss. Gaby Neff und ich sind uns schnell einig, auf den Air-Stress zu verzichten und die gut fünf Stunden angenehm auf der Schiene zu verbringen. Das ist gerade heute aus zwei Gründen sinnvoll: Einmal ist man, alles gerechnet, mit dem Flugzeug auch nicht viel schneller und zum anderen streiken die Lufthansa Piloten schon seit Tagen.

Allerdings bin ich bei den ICE Fahrten gespalten: So angenehm es ist, durch die kürzeren Fahrtzeiten eine Alternative zum Flugzeug zu haben, ärgere ich mich bei den Neubaustrecken darüber, dass das optische Erlebnis „Zugfahren" weitgehend kaputt gemacht wurde durch Tunnels und Schallschutzwände. Landschaft erleben, das war doch immer ein Genuss. Und dieser Verlust wurde mit Milliarden bezahlt, etwa auf der Strecke München - Nürnberg, Zeitersparnis eine halbe Stunde. Was hat man von dieser halben Stunde, wenn einem dadurch eine Stunde lang die Sicht auf das schöne Bayern-land genommen wurde?

Ganz grauenhaft ist es zwischen Frankfurt und Köln. Hier reiht sich Tunnel an Tunnel, durch die ständige Lichtveränderung wird man ganz meschugge.
Was man auf der Fahrt ins Ruhrgebiet dann doch immer wieder sieht, sind die riesigen Windräder ganz oben auf den Hügeln und Bergen. Sie zerstören die Ästhetik der Höhen. Das sind die neuen profanen Zeichen des Fortschritts, die Gipfelkreuze unserer Zeit.

Am Abend Einladung der Stadt Essen in das UNESCO Weltkul-turerbe „Zollverein". Durch das zugehörige Museum werden wir von einem leibhaftigen Professor geführt, der sich vor Begeisterung für sein Sujet fast überschlägt und eine Stunde lang im Schnellgang redet, ohne dass der Zuhörer wahrnehmen kann, wann der Professor einmal Atem holt.

Begrüßt werden wir traditionsgemäß vom Oberbürgermeister, der insofern eine Rarität darstellt, als er von der CDU kommt. Denn von den zehn größten Städten unserer Republik ist er der einzige „schwarze". Ich unterhalte mich darüber mit der Präsidentin des Städtetages, Frau Lohse, der Oberbürgermeisterin von Ludwigs-hafen, die heute ankündigt, sie werde im nächsten Jahr nicht mehr kandidieren und Ende 2017 ausscheiden. Sie hat auch keine Antwort auf meine Frage, wer ihr im Städtetag von der Union nachfolgen könne und scherzt „Wenn im nächsten Jahr im Bund Rot-Rot-Grün kommt, gewinnen wir die OB-Wahlen wieder". Wie wahr - und wie traurig.

Beim Abendessen sitze ich mit Kuhn, dem neuen Grünen OB von Stuttgart zusammen, den kennen zu lernen ich bisher keine Gelegenheit hatte.

Wir kommen auch auf seine Vorgänger zu sprechen, natürlich vor allem auf die Legende Rommel. Ich erzähle ihm die Geschichte aus der Hauptausschuss Sitzung in Aalen, irgendwann Ende der 80er oder Anfang der 90er Jahre. Rommel war Präsident und v. a. ging es um ein Papier über Wohnungspolitik. Damals gab es tiefe ideologische Gräben zwischen Union und SPD - wir für Eigentum, die anderen nur für sozialen Wohnungsbau. Der Städtetags Entwurf enthielt fast nur SPD Thesen, ich opponierte in der Unions Vorbesprechung massiv dagegen und erreichte die Ablehnung. Damit konnte es nicht beschlossen werden, denn ohne Union - oder auch SPD - gibt es keine erforderliche 2/3 Mehrheit. Nach der Sitzung kam Rommel verärgert auf mich zu: „Sie habet mir mei Papier kaputt gmacht." Ich: „Mit Recht." Er: „Zur Strafe kommet Sie nächste Woche zu mir nach Stuttgart, dann machet mir zusammen ein neues Papier." So geschah es.

30 . 11. und 01.12.2016

Erich Kiesl

Den Jungen sagt der Name in der Regel gar nichts mehr, die Älteren verbinden mit ihm vor allem seine Niederlage in der Stichwahl gegen Georg Kronawitter. Und damit das vernichtende Urteil: Abgewählt.

Aber so einfach kann man es sich nicht machen. Bei seiner Wahl 1978 kamen für die CSU alle nur denkbaren glücklichen Umstände zusammen. Die Münchner SPD war heillos zerstritten, zerfiel in einen linken und rechten Flügel mit der Folge, dass der populäre OB Kronawitter nicht mehr nominiert wurde: „Nicht mehr vermittelbar", war die Losung. Dieser katastrophale Zustand der Sozis brachte uns eine nie vorstellbare absolute Mehrheit und ich bin überzeugt, dass von uns jeder OB-Kandidat locker gewonnen hätte - ich war im Münchner

CSU Vorstand übrigens auch im Gespräch, bis F. J . Strauß anordnete, ein Kabinettsmitglied und Münchner CSU Chef müsse ins Rennen. Kiesl allerdings wäre lieber Innenminister geworden. Einige spotteten, er wolle nicht auf seine Hubschrauberflüge verzichten, die ihm den Spottnamen „Propeller Erich" eingetragen hatten.

1984 aber war dann die Konstellation eine völlig andere. Georg Kronawitter hatte sich wieder nach oben gekämpft und die traditionellen SPD Wähler, die sechs Jahre vorher in Scharen zu Hause geblieben waren, gingen wieder zur Wahlurne.

Galt früher in Bayern die Regel, ein Oberbürgermeister sei kaum abwählbar, ergab sich dieses Mal die ungewohnte Situation, dass zwei OBs gegeneinander antraten: Der amtierende und der kämpferische Rückkehrer, der dafür bewundert wurde, und zudem auch noch den früheren Mitleidsbonus hatte, als Opfer der inzwischen abgewirtschafteten Linken in der SPD. Dagegen war kaum zu gewinnen.

Dazu kamen einige persönliche Schwächen Kiesls. Sein immer wiederholtes Motto „ I mog Leit und die Leit mögen mi", empfanden viele im großstädtischen Milieu als plump anbiederisch, ebenso seine Gewohnheit, auf der Straße wildfremden Menschen die Hand zu schütteln, die gar nicht wussten, wie ihnen geschah.

Der größte Fehler im Wahlkampf aber war Kiesls Materialschlacht. So etwa wurden Weißbiergläser mit seinem Namen verteilt und wenn jemand am Informationsstand eines nahm, wurde er gleich aufgefordert, eine ganze Schachtel mitzunehmen. Als Kontrast dazu verteilte Kronawitter Moosröschen, stilisierte sich als Schutzpatron des kleinen Mannes, illustriert durch sein Wahlplakat mit dem Bekenntnis:
„Mir sind 400.000 Mieter wichtiger als eine Handvoll Bauträger und Spekulanten." Das alles wurde untermauert durch

eine Kampagne der SZ über ein sog. 20 Millionen „Baulandge-schenk" an Schörghuber, einem Vertrag, den zwei SPD-Referenten (Veigel Kommunal und Zech Planung) ausgehandelt hatten. Kiesl wusste davon gar nichts, ich schon. Erst nach Jahren konnte nach-gewiesen werden, dass die Sache in Ordnung war, die Süddeutsche Zeitung, Herbert Riehl Heyse, tat Buße, aber der Schaden blieb bei Kiesl.

Bis heute. Denn die SPD geführte Stadt tut alles, um den CSU-Mann vergessen zu lassen. Gibt es Gedenkveranstaltungen, wie vor einiger Zeit für Thomas Wimmer, wird nur folgende Vorgänger-gallerie gewürdigt: Wimmer, Vogel, Kronawitter, Ude. München, die SPD Stadt. Besonders empört mich, dass der Vorkriegs- und erste Nachkriegs-OB Karl Scharnagl (CSU) völlig ignoriert wird. Wimmers stetig zitierte Satz „Ramma damma" soll suggerieren, die Aufbauleistung sei nur ihm zu verdanken. Dabei waren die schwie-rigsten Jahre die unter Scharnagl, ohne damit die Leistungen Wim-mers schmälern zu wollen.

Zurück zu Kiesl. Er hat die Stadt, die unter seinem Vorgänger eingeschläfert worden war, wieder aktiviert. Kronawitter war jede Entwicklung suspekt. Nie werde ich seinen Satz vergessen: „Mün-chen darf nicht zur Weltstadt verkommen". Oder sein Fazit in einer Pressekonferenz am Ende eines mehrtägigen Paris Besuches: „Jetzt haben sie sich selbst überzeugen können, dass man in einer Stadt wie Paris nicht leben kann."

Kiesl hat sofort nach Amtsantritt die verkrustete Stadtverwaltung reformiert, Referate aufgelöst und neu gegliedert, Maßnahmen, die sich bis heute bewährt haben. Er hat den unseligen „Baustoppbe-schluss" aufgehoben und ein umfassendes Wohnraumbeschaffungs-programm beschließen lassen, ein Familienförderungsprogramm und vieles mehr. Die Trappentreu- und Brudermühl-Tunnels wurden gebaut. München blühte wieder auf, auch auf kulturellem Gebiet.

Die Münchner Philharmoniker waren seit Jahren ohne Chef-dirigenten. Kiesl engagierte „Celi" (Sergio Cellibedache). Der schwierige Maestro verlangte als erstes eine Verdoppelung der Zahl der Musiker. Der OB stimmte zu. Wir gründeten das „Volkstheater" unter dem Spott der SPD, die giftete, wir wollten in München eine Bauernbühne eröffnen. Heute ist dieses Theater äußerst beliebt, ebenso das „Filmfest", das nach Anfangsschwierigkeiten zum zweitgrößten Cinema-Event Deutschlands wurde.

Ich bin stolz darauf, dass ich an all diesen Maßnahmen an entscheidender Stelle mitwirken konnte.

Kaum jemand dankt es ihm. Aber Kiesl hat durch seine Tatkraft München weit nach vorne gebracht und Kronawitter konnte viele Jahre davon zehren, wie in seiner ersten Amtszeit von der Kraft H. J. Vogels.

07.12. 2016

HALEI (Hauptabteilungsleiter)

Die Hauptabteilungsleiter-Sitzung im Planungsreferat ist für mich seit Jahrzehnten der interessanteste Termin der Woche. Man wird lange vor der Öffentlichkeit und dem gesamten Stadtrat über anstehende Probleme informiert, aber nicht nur das: In der Diskussion mit den Stadträten der verschiedenen Fraktionen werden manchmal geplante Entscheidungen korrigiert, wenn die Verwaltung feststellt, dass sie im Rat keine Mehrheit erwarten kann. Dies hängt natürlich auch von den Mehrheitsverhältnissen ab. So wird sich derzeit die Stadtbaurätin wohl keine Niederlage im Ausschuss oder Plenum einhandeln wollen, wenn die SPD Vertreterin und ich Ablehnung zu Protokoll geben - bis vor zwei Jahren war das natürlich bei Rot-Grün ebenso.

Aber es ist auch möglich, dass man, ohne die Mehrheitskarte zu ziehen, durch Sachverstand überzeugen kann. Ich scheue es fast zu formulieren: Durch meine Jahrzehnte im Planungsbereich, meine

27

langjährige Funktion als Koreferent habe ich mir eine hohe Kompetenz erarbeitet, die von der Verwaltung anerkannt und auch vom politischen Gegner nicht bestritten wird.

Der Stellenwert der Halei resultiert auch daraus, dass über die Diskussionen Verschwiegenheit gewahrt wird, so dass man offen sprechen kann, ohne befürchten zu müssen, aus dem Zusammenhang gerissen, in den Medien mißverständlich zitiert zu werden.

08.12. 2016

Der Dienstälteste

Heute, kurz vor der Fraktionssitzung, gratulieren mir Schmid und Podiuk dazu, die Referentenrunde habe beschlossen, mich um die Jahresschlussrede zu bitten. Der OB soll die Bedenken, die Zeit bis zum Plenum sei sehr kurz, vom Tisch gewischt haben, mit der Bemerkung, der „Walter" mache das aus dem Stehgreif.

Vorgeschichte dazu vor einem Jahr. Unser Ältester nach Jahren hielt nach alter Tradition diese Rede, und verursachte einen Eklat. Er formulierte rechte Thesen zur Flüchtlingspolitik und das widerspricht dem Sinn einer Weihnachtsrede, die versöhnen und nicht spalten soll. SPD und Grüne verließen das Plenum.

Schon vor einem Jahr berichtete die SZ: „Es gilt als denkbar, diese Aufgabe künftig nicht mehr dem ältesten, sondern dem dienstältesten Stadtrat anzuvertrauen: Walter Zöller".

Jetzt soll ich das also machen. Eine Ehre ist es schon, einmal weil die lange Amtszeit auch eine Leistung ist, wenn man diese Jahre nicht etwa abgesessen, sondern die Stadt nachweisbar mitgestaltet hat, zum anderen, weil nicht nur die Mitglieder meiner Fraktion meine Beauftragung begrüßten.

28

Meine ersten Überlegungen zu der Rede gehen dahin, keine reine Harmonie-Rede zu halten (das auch), sondern auch auf einige Entwicklungen hinzuweisen, die mich ärgern und bei denen ich einen Änderungsbedarf sehe.

Was soll´s. Ich freue mich darauf. Nach meinem alten Satz auf die Reporterfrage nach meinem Lieblingsplatz in München: Rathaus, großer Sitzungssaal, Rednerpult.

12.12. 2016

Die kuriose Rettung des Olympiastadions!

Dezembersitzung der Olympiapark GmbH. Vor Beginn gratulieren mir die anwesenden Stadtratsmitglieder herzlich zu meiner gestrigen Rede. Hebt meine Laune. Wie fast überall bin ich auch in der Olympiapark das dienstälteste Mitglied und seit langem stellvertretender Aufsichtsratsvorsitzender. Es gibt weltweit kein ehemaliges Olympiagelände, das so intensiv und erfolgreich nachgenutzt wird. Vor allem nicht nur ein sportlicher, sondern auch ein kultureller Gewinn für unsere Stadt - wo sonst könnten die Pop Großereignisse sonst stattfinden, wenn nicht im Stadion und in der Halle.

Apropos Stadion: selten habe ich eine so kuriose Stadtratssitzung erlebt wie am 6. Dezember 2001. Thema war der „fussballtaugliche" Umbau des Stadions. Jahrelang war diskutiert und gestritten worden, Beckenbauer wünschte sich jemanden, der das Ding in die Luft sprengen würde, ein Entwurf nach dem anderen wurde verworfen, bis sich endlich die Stadt und die Vereine Bayern und 1860 auf eine Lösung einigten - unter massivem Protest fast aller

Architekten und Denkmalschützer. Planen konnte nur das Büro Benisch als Inhaber des Urheberrechts und in der erwähnten Stadtratssitzung sollte der Entwurf präsentiert werden.

Demokratisch wie wir sind, sollten zu Beginn die Kritiker zu Wort kommen und das erledigte der wunderbare Prof. Kissler. Er sprach nicht wie erwartet primär über das schützenswerte Ensemble, sondern stellte klipp und klar fest, der Umbau sei technisch nicht machbar. Wir erwarteten natürlich, dass der Chefplaner von Benisch seinen Entwurf verteidigen würde, aber mussten völlig fassungslos von Prof. Sabatke hören: „Er stimme Kissler zu".

Man muss sich das vorstellen: Für viel Geld planen Architekten den Umbau ihrer Schöpfung, stellen das Ergebnis der Presse und uns als Auftraggeber vor und räumen in der entscheidenden Sitzung ein: „Bauen können wir es aber nicht." Nach diesem Eklat blieb das Stadion wie es war - heute sage ich „Gott sei Dank" - und der Weg war frei für den Bau der Allianz-Arena und für die Olympiapark GmbH der Wegzug des Fußballs mit Millionen Umsatzverlusten.

15. 12. 2016

Hans Podiuk

Neuwahl des Fraktionsvorstandes zu einem ungewöhnlichen Zeitpunkt. Denn eigentlich hätte die Wahl im Sommer angestanden, aber wir wollten, dass Podiuk seine Geburtstagsfeier zum 70. am 24. September noch als Fraktionsvorsitzender feiern konnte.

Die Wahlen heute bringen keine Überraschungen, Prezl wird mit nur einer Gegenstimme zum neuen Chef gekürt, nur bei den weiteren Positionen bröckelt es bis zu vier Gegenstimmen.

Podiuk wird zum Ehren-Fraktionsvorsitzenden unter langem Beifall ernannt. Natürlich gönne ich ihm diese Ehrung. Er hat den Job gut gemacht, aber in einer anderen Situation als ich, ohne Mehrheit.

Er war der Moderator, der die Mannschaft zusammen gehalten hat, zwar zunehmend mit der Attitüde des Allein-Herrschers, aber das geht jedem an der Spitze so, mir auch.

Vor allem war er mir vier Jahre lang der loyalste Stellvertreter, verweigerte sich 1990 - im Gegensatz zu Bletschacher (vgl. 17.12.) dem Drängen Gauweilers, gegen mich zu kandidieren und, das rechne ich ihm hoch an, reservierte mir den Platz als Planungssprecher, als ich nach meiner Abwahl ein Jahr lang schmollte und nichts mehr machen wollte.

Er hatte sofort erkannt: die Vergabe des Postens an einen anderen würde bedeuten, dass er auf Dauer für mich verloren wäre und so übte er - was völlig ungewöhnlich war - zwei Sprecherfunktionen aus, bis ich wieder bereit war, meine Arbeit auszuüben. Dann übergab er sofort wieder an mich.

16. 12. 2016

GERHARD BLETSCHACHER

Heute schreibt Frank Müller in der Süddeutschen Zeitung: „Bletschacher, der mit Hilfe des damaligen CSU Chefs Peter Gauweiler Zöller aus dem Amt kegelte - und dann wegen eines Spendenskandals ins Gefängnis kam."

Nun, eigentlich war es kein harmloser Spendenskandal, sondern Unterschlagung von Spendengeldern in Höhe von etwa fünf Millionen DM. Ein Schock für uns alle Mitte 1995, denn alles Mögliche hätte man dem biederen Käseschachtel-Fabrikanten zugetraut, nur keine Straftat. Ein Mann, der Tag für Tag im Stadtrat Unrecht anklagte, sich primär für den kleinen Mann engagierte und dann über Jahre jede Woche zur Bank ging und das ihm von vielen Kleinspendern anvertraute Geld veruntreute.

„Hilfe für Südtirol" hieß der gemeinnützige Verein, dessen Vorsitzender er war. Geholfen wurde am Anfang bedürftigen Bergbauernbuben. Bletschacher war in Südtirol dadurch ein Held, fuhr auch mindestens einmal im Monat mit seinem kleinen Golf über den Brenner. Doch als er selbst mit seiner Firma notleidend wurde und die inzwischen durch den Tourismus reichen Bergbauern keine Hilfe mehr benötigten, half sich der Wohltäter selbst aus der Not - wenn auch letztlich erfolglos. Wohl eine besondere Form von Schizophrenie.

Dies kann man wohl auch bei seinem Verhältnis zu mir diagnostizieren. Er war einer der entscheidenden Kollegen, die mir am 1. Februar 1986 durch ihren Einsatz die 18 zu 17 Wahl zum Fraktionsvorsitzenden gegen meinen Freund F. J. Delonge sicherten. Das war eine heiße Nummer, über die demnächst zu berichten ist.

Erich Kiesl hatte 1986 nach knapp zwei Jahren vom Job des Fraktionsvorsitzenden die Nase voll. Es war ja auch ein Unding, sich nach der verlorenen OB Wahl zum Gegenspieler des Siegers wählen zu lassen. Kronawitter machte sich einen Spaß daraus, ihn inhaltlich schlicht zu ignorieren. Attackierte Kiesl ihn, reagierte er nicht in der Sache, sondern lächelte süffisant und stellte fest: „Ach Herr Kollege, der Wähler hat doch entschieden, wer von uns beiden Recht hat". Die Journalisten fanden das immer lustig.

Kiesl zog sich wieder in den Landtag zurück und favorisierte mich als seinen Nachfolger.

Und Bletschacher saß seine Gefängnisstrafe ab, musste in eine kleine Wohnung umziehen und fuhr Taxi. Wenn er zur jährlichen Weihnachtsfeier der Fraktion kam, wurde er freundlich willkommen geheißen. Christlich Soziale Union …

Ich tat mich mit der Freundlichkeit ihm gegenüber lange schwer. Schließlich hatte mich noch nie jemand so brutal enttäuscht. Ich hatte ihn nach meiner Wahl zu meinem engsten Mitarbeiter gemacht, auch zum Pressesprecher. Es gab keine meiner Überlegungen und Entscheidungen, in die er nicht eingebunden war. Jeden Tag, wenn ich in die Fraktion kam, erwartete er mich mit einer tiefen Verbeugung und der Anrede „Mein Meister". Ich fand das komisch, hätte mir aber darüber einige Gedanken machen sollen. Aber ich war und bin ein unverbesserlicher Fan des Mottos Churchills: „Man soll von jedem Menschen das Beste annehmen, solange nicht das Schlechteste erwiesen ist".

Das für mich Schlechteste kam dann nach vier Jahren bei der Neuwahl des Fraktionsvorstandes. Bei meiner Wiederwahl zwei Jahre vorher war das Ergebnis in geheimer Abstimmung einstimmig gewesen - wenn man nochmals zwei Jahre zurückdenkt, an die Ein-Stimmen-Mehrheit: Ungewöhnlich.

Aber die CSU war berauscht von meinen Erfolgen, aus der Minderheit eine Mehrheit im Stadtrat gemacht zu haben.

Doch inzwischen war mein alter Widersacher Peter Gauweiler der neue Münchner Parteivorsitzende geworden und der wollte die ganze Macht - auch die über die Fraktion.

Also bestellte er mich in das Innenministerium ein, um mir zu eröffnen, ich müsse „weg". Auf meine Frage nach dem Grund kam die ehrliche Antwort, vor der ich heute noch Respekt habe: „Weil Du nicht machst, was ich will." Dieser Einschätzung konnte ich nur zustimmen und so war das Thema erledigt. Denn der neue starke Mann hatte keinen Widerstand zu erwarten.

In der Fraktion fragte ich zu Beginn an jedem Montag, ob jemand vorhabe, gegen mich zu kandidieren. Immer Schweigen. Aber natürlich spürte ich das Beben im Untergrund.

Mir war nur völlig unklar, wer der Kandidat sein würde. Wie immer tauschte ich mich mit Bletschacher aus und der versicherte mir bis zum Tag vor der Wahl, er könne doch nie gegen mich kandidieren, alles hätten wir doch gemeinsam gemacht. Dann doch er. Hans Podiuk, der sich mit eben der Bletschacher-Begründung einer Kandidatur verweigert hatte, meinte mir gegenüber später, Bletschacher sei damals „Gauweiler hörig" gewesen.

Wenn man genau weiss, man könne eine Wahl nicht mehr gewinnen, tritt man normalerweise nicht an. Ich entschied mich anders. Ich hielt vor meiner Abwahl eine Art Prophezeiungsrede. Aus dem Gedächtnis zitiert so: "Ich weiß, dass ich nicht wieder gewählt werde. Ich kandidiere trotzdem aus zwei Gründen: Zum einen will ich denjenigen, die mich wieder wählen wollen, die Gelegenheit dazu geben. Vor allem aber will ich denen, die mich nicht wählen, die Möglichkeit nehmen, zu behaupten, sie hätten mich ja gewählt, wenn ich kandidiert hätte, wenn das Experiment Bletschacher gescheitert ist." An Scheitern des neuen Vorsitzenden hatte ich aus politischen Gründen gedacht. Gefängnis war unvorstellbar.

Mein Sohn Christian, immer für eine witzige Bemerkung gut, hat das Thema dann so auf den Punkt gebracht: „Das wird sich die Partei merken: Jeder, der gegen Dich eine Wahl gewinnt, kommt ins Gefängnis."

Dazu muß man wissen, dass ich 1969 als Bundestagskandidat für meinen besten Freund Prinz Konstantin von Bayern, der mit dem Flugzeug abgestürzt war, eingesprungen war, aber gegen den SPD Mann, Staatsanwalt Manfred Schmidt, keine Chance hatte, wie übrigens in diesem Jahr kein CSU Bewerber in München.

Dieser Manfred Schmidt wäre übrigens 1972 fast Münchner OB geworden, hatte intern nur knapp gegen Kronawitter verloren.

Aber zurück zu Christians Spaß: Auch Schmidt landete im Gefängnis. Er hatte als Rechtsanwalt Einkommen nicht versteuert.

Seither sage ich jedem, der gegen mich kandieren will: Entweder Du verlierst, was wahrscheinlich, aber für Dein Image nicht gut ist, oder Du kommst ins Gefängnis.

17. / 18. 12. 2016

Erwin Hamm

Gestern war die Trauerfeier für Hildegard Hamm-Brücher, die mit gesegneten 95 Jahren verstorben ist. Ich hatte mit ihr wenig zu tun, lediglich eine gelegentliche Begrüßung.

Um so mehr verdankte ich ihrem Mann Erwin Hamm. An ihn erinnert sich heute kaum noch jemand, dabei war er in den 60er und 70er Jahren einer der einflussreichsten Menschen im Münchner Rathaus, der mächtige Werkreferent, CSU Mitglied.

H.J. Vogel war ja so klug, trotz eigener absoluter Mehrheit die damals kleine CSU in die Verantwortung mit einzubinden, eine starke Opposition gab es damit nicht, abgesehen von unserem Parteifreund Dr. Ludwig Schmidt, der für den „Münchner Block" (einer geduldeten Abspaltung von der CSU, getragen von Mittelständlern) im Stadtrat eine qualitätsvolle Ein-Mann-Opposition betrieb, die allerdings einmal so weit ging, dass er sich mit dem SPD Fraktionsvorsitzenden Hans Preisinger im Plenum prügelte.

Aber zurück zu Erwin Hamm. Als ich 1972 erstmals in den Stadtrat gewählt wurde, ging mir der Ruf eines Rebellen voraus. Ich war Münchner Vorsitzender der Jungen Union und deren stellvertretender Landesvorsitzender, aber vor allem berüchtigt durch den Krach mit F.J.S. ein Jahr zuvor. Mit so einem Verrückten wollte vor allem der feingeistige Dr. Winfried Zehetmeier nichts zu tun haben, und ihm gelang es, dass ich bei der Verteilung der Ausschusssitze als einziger leer ausging. Ich reagierte mit Trotz und stellte fest, ich könne die Fraktion auch verlassen und mich selbständig machen - ein tolles Fanal des Repräsentanten der jungen Generation. Daraufhin suchte man hektisch nach einer Lösung und speiste mich mit dem Kommunalausschuss ab. Meine Verärgerung legte sich bald und ich profilierte mich durch Sacharbeit zunehmend. Eine Position, die mir entsprach, ließ aber auf sich warten, bis nach etwa einem Jahr Erwin Hamm eine zornige Rede wegen mir hielt, die in der Aussage gipfelte: „Ihr müßt doch diesem begabten jungen Mann mehr Aufgaben geben." Das wirkte sofort und ich durfte in den Planungs-Ausschuss, in dem ich mich schnell zum Sprecher hocharbeitete - was ich bis heute bin. Wer weiß, wie alles ohne den Einsatz Erwin Hamms gelaufen wäre.

20. 12. 2016

Gespräch mit der SPD über die Novellierung der Sobon - der Sozialgerechten Bodennutzung

Das ist ein Regelwerk mit einer wechselhaften Geschichte, die aber, wie so häufig in der Politik, verfälscht und für die eigenen Interessen zurecht gebogen wird. Heute gilt die Sobon als Erfolgs- modell, als bundesweites Vorbild.

Inhaltlich geht es schlicht darum, die Grundstückseigentümer an den Investitions- und Infrastrukturkosten finanziell zu beteiligen, wenn ihr Grund und Boden durch Bebauungspläne einen Wertzu- wachs erhält. Ein gerechtes Ziel, zudem demBegünstigten in jedem Fall ein Gewinn von mindestens 1/3 verbleiben soll.

Der erste Beschluss dazu 1994 war allerdings von Rot-Grün so dilettantisch erarbeitet worden, dass seine Umsetzung in einem De- saster endete. Ich hatte das prophezeit und wir hatten dagegen ge- stimmt. Das mindeste wäre gewesen, einmal wenigstens Gespräche mit den Betroffenen zu führen, was aus purer Machtarroganz nicht für nötig gehalten wurde.

Um das Ganze umzusetzen, ist eine sog. Grundzustimmung des Eigentümers nötig. Ein Jahr lang wurde keine geleistet. In einer Ältestenrats-Sitzung fragte ein ratloser Christian Ude, wie es wei- tergehen solle. Ich machte auf den entscheidenden Schwachpunkt aufmerksam, und den kannte ich aus vielen Gesprächen mit Man- danten in meinem Notariat: Niemand könne kalkulieren, wieviel er am Ende würde zahlen müssen. Ich schlug vor, eine Kommission des Stadtrates zu gründen, um mit den Eigentümern zu sprechen und den Beschluss neu zu fassen. Dem wurde zugestimmt. Ude eröffnete die erste Sitzung und erteilte mir das Wort. Ich erläuterte meine Vorschläge für eine Novellierung.

Daraufhin meinte Ude, ich verstünde wohl am meisten von der Problematik und deswegen solle ich den Vorsitz in der Kommission übernehmen. Dann ging er.
Wir leisteten zusammen mit dem Planungs-Stadtdirektor Wahls und einer Abordnung der Bauträger (zu nennen v.a. Hans Herrmann Hesse und Helmut Röschinger) ganze Arbeit. Entscheidender Punkt war, die Abrechnungsunsicherheit zu beseitigen und durch einen festen Betrag von 130 DM pro qm neu geschaffenen Baurechts zu ersetzen. So wusste jeder von vorne herein, was auf ihn zukam.

Ein Jahr nach dem ersten Fehlschlag wurde dann die Sobon auch mit unseren Stimmen neu beschlossen. Sie wurde ein Erfolg bis heute, aber das Lob nimmt die Stadtspitze für sich in Anspruch, die zuerst alles verbockt hatte. Ist die Welt nicht ungerecht? Das schon, aber schön spannend.

21. 12. 2016

Gartenstädte

Eigentlich war heute am frühen Vormittag noch ein Termin mit der Initiative „Gartenstädte" angesetzt, aber ich fand, es sei nun für heuer genug mit Politik.
Im übrigen habe ich mich schon lange genug dafür eingesetzt, dass die Strukturen der Gartenstädte geschützt werden. Meine größte Aktion begann vor über einem Jahrzehnt. In dem, man kann fast sagen „Waldgebiet", in dem auch mein Erbbaugrundstück Waldhornstraße

liegt, begann der Freistaat Bayern, die an ihn durch Zeitablauf zu-rückgefallenen Liegenschaften zu verkaufen. Man muß dem Staat zu Gute halten, dass das nicht seine eigene Entscheidung war, son-dern es gab eine Beanstandung des Obersten Rechnungshofes, der befand, die Neuvergabe von Erbbaurechten brächte im Vergleich zum Verkauf zu wenig Ertrag. Ein deprimierendes Beispiel dafür, dass einige Pfennigfuchser-Beamten nicht über den Rand ihres Geldtopfes hinaussehen können.

Denn die Gefahr für das dünn besiedelte Landschafts- und Natur-schutzgebiet waren die mit dem Verkauf beabsichtigten Verdich-tungsbestrebungen. Es gab keinen Bebauungsplan, der die Teilung der großen Grundstücke hätte verhindern können. Also motivierte ich unsere Planungsverwaltung, sofort mit der Arbeit zu beginnen und in akribischer Mühe gelang das Werk. Für jedes Grundstück wurde die Bestands GFZ festgeschrieben. Das Erscheinungsbild der Siedlung blieb erhalten.

22.12.2016

Der verhinderte Pfarrer

Welch ein aufregendes und oft frustrierendes Erlebnis, mit fast 77 Jahren verschiedene Körperfunktionen neu zu entdecken. Seit nunmehr zwei Wochen ist mein rechter Arm still gelegt, erst seitdem wird mir bewußt, wie hilflos man als Rechtshänder ist, wenn man nur auf links angewiesen ist. Schreiben unmöglich, wer bitte hilft beim Essen, um die Speisen mundgerecht zu zerkleinern, Rasieren mit links geht gerade so.

Und die linke Hand scheint nicht gerade begeistert zu sein von den neuen Aufgaben, die man ihr zumutet: Sie zeigt ihren Protest durch immer häufigere Krämpfe, offenbar um zu signalisieren, man solle sie, wie in all den vergangenen Jahren, gefälligst in Ruhe lassen.

Wenn alle Körperteile problemlos funktionieren, nimmt man das als selbstverständlich hin - warum auch nicht. Dabei fällt mir ein, dass ich mich als Jugendlicher in den Fünfziger Jahren sehr wohl mit Behinderungen auseinander gesetzt habe - einmal mit meiner Hüftgelenkentzündung mit 18 Jahren, die mich fast ein halbes Jahr ans Bett des Rot Kreuz Krankenhauses fesselte, zum anderen aber in einem positiven Sinn, in Bewunderung für die Sportler des Bayerischen Versehrtensportverbandes, den mein Vater Dr. Richard Zöller, gegründet hatte und dessen Präsident er war. Ich machte mir bei den Veranstaltungen wohl keine Gedanken über das schwere Schicksal, durch den Verlust von Gliedmaßen behindert zu sein, sondern bewunderte die Aktiven, mit welchem Engagement und welcher Freude sie ihren Sport betrieben.

Übrigens noch eine schöne Geschichte zu meinem Aufenthalt im Krankenhaus:
In diesen Monaten besuchte mich mehrmals in der Woche mein Freund Fritz Betzwieser, damals noch Kaplan in der nahen Kirche Herz Jesu. Eines Tages eröffnete ich ihm, und das war durchaus ernst gemeint, ich könne mir vorstellen, Priester zu werden. Natürlich begrüßte er das, aber ich schränkte ein: Voraussetzung sei, dass ich vom Vatikan eine Zusicherung erhielte, einmal Kardinal zu werden. Fritz rügte, das sei keine akzeptable Einstellung zu diesem Beruf und damit war das Thema erledigt.

Zehn Jahre später traute er, jetzt ein populärer Stadtpfarrer, uns statt dessen in dem schönen Winthir Kircherl, mit dem zusätzlichen königlichen Segen unseres Trauzeugen Prinz Konstantin von Bayern, meines damals besten Freundes, der nur noch ein gutes Jahr zu leben hatte. Er stürzte wenige Wochen vor der Bundestagswahl 1969 mit einer Vorkriegs ME ab, erst 49 Jahre alt und ich musste für ihn als Kandidat einspringen.

08.01. 2017

Roman Herzog

Roman Herzog ist im Alter von 82 Jahren gestorben. Über sein politisches Wirken („Ruck-Rede") werden in den nächsten Tagen genügend Artikel erscheinen, ich beschränke mich auf den persönlichen Aspekt.

Eines allerdings muß ich aus den Tagen vor seiner Präsidentschaft festhalten, weil es mich heute noch begeistert und nichts typischer sein kann für seine wunderbare bayerische Gelassenheit, die dann auch das Schloß Bellevue wohltuend beeinflußt hat.

Nach seiner Wahl zum Bundespräsidenten fragte ein junger Journalist, wie er denn das Amt ausfüllen wolle, ihn kenne doch niemand. Herzog lächelte nachsichtig, der Fragesteller solle sich keine Sorgen machen: „Die Leute werden mich schon kennen lernen."

Wahrscheinlich kann nur ein Bayer den Hintersinn dieser Antwort verstehen.

1964, nach meinem ersten juristischen Staatsexamen, wurde ich neben meiner Referendarzeit Assistent bei Prof. Maunz, dem Autor des maßgebenden Grundgesetz-Kommentars, der später durch Herzog ergänzt wurde. Herzog war damals unser aller Oberassistent.

Eines Tages bat er mich um ein Gespräch. Er schlug mir vor, eine Doktorarbeit in Angriff zu nehmen, für dessen Thema Maunz und er bisher vergebens einen Autor gesucht hätten. Der Verfasser müsse nicht nur ein guter Jurist sein, er müsse auch parteipolitische Erfahrung haben. Das Thema: Innerparteiliche Demokratie.

Ich war geschmeichelt und darüber vergaß ich dummerweise den Rat, den mir mein Vater gegeben hatte: "Mache es wie ich. Ich habe für meine Doktorarbeit nur drei Monate gebraucht, ein dünnes Büchlein: „Die kirchliche Beerdigung nach dem Codex Juris canonici". Dem Doktortitel sieht niemand an, wieviel Arbeit er gemacht hat."

Aber ich war fasziniert von der Aufgabe, juristische Pionierarbeit zu leisten. Bald war mir klar, dass das Thema nur zu bearbeiten war, wenn man zuerst einmal den juristischen Charakter von Parteien geklärt hatte; viel Literatur gab es in den 60 Jahren dazu nicht, die Auffassungen gingen von: Parteien seien ganz normale (damals v.a.nicht rechtsfähige) Vereine, bis dahin, sie seien Staatsorganen angenähert (Grundgesetz: Die Parteien wirken an der politischen Meinungsbildung des Volkes mit). Und je nach dem wären die Anforderungen an die innerparteiliche Demokratie loser oder stärker.

Und dann erging das Urteil des Bundesverfassungsgerichtes zur Zulässigkeit der Parteienfinanzierung, das in der Begründung so absurd war, dass es eine Flut von Veröffentlichungen auslöste. Da konnte ich nur abwarten, denn eine Doktorarbeit muss auch die jüngste Literatur berücksichtigen.

Inzwischen hatte ich die Notarnote geschrieben, mit der man ja nicht rechnet, dann wurde ich auch noch Stadtrat. Da fehlte einfach die Zeit, an meinem immer mehr ausuferndem Thema zu arbeiten. Ich übte mich lieber in der täglichen praktischen Politik ein.

Die Tatsache bleibt aber, dass der bewundernswerte Roman Herzog mich damals so schätzte, dass er mich vom Weg, den mein Vater empfohlen hatte, wegführte. Dafür bin ich dankbar, denn es ist schön, von einem späteren Minister, Präsidenten des Bundesverfassungsgerichtes und Bundespräsidenten für geeignet erachtet zu werden, eine Arbeit zu stemmen, für die niemand bis dato gefunden wurde.

Übrigens, das mit dem Doktortitel hat sich später amüsant entwickelt. Bei einem Bayerischen Notar gehen die meisten Mandanten davon aus, er sei ein Doktor. Immer, wenn ich so betitelt wurde, machte ich eine leicht abwehrende Handbewegung: „Bitte ohne Doktor". Der Mandant meinte dann, ich sei bescheiden.

10. 01. 2017

Erinnerungen an meinen 60. Geburtstag

Zu Weihnachten brachte mir Gitti die DVD Kopie der Aufnahme, die meine damalige Lebensgefährtin Gabriele von meinem 60. Geburtstag im VIP Bereich des Olympiastadions aufgenommen hatte. An keinen Geburtstagstermin erinnere ich mich mit mehr Vergnügen. Also nütze ich diese frustrierenden Krankheitstage zu Hause, um einige besonders schönen Passagen aus den Reden im Tagebuch festzuhalten.

PODIUK: In den früheren Jahrzehnten war unser Walter Zöller noch auf Lob versessen, heute ist es so, dass er überschwängliches Lob sehr viel gelassener sieht. Er steht nämlich auf dem Standpunkt: Dieses Lob steht mir auch zu. Du bist auch den Kameraden der anderen Feldpostnummer auf den Wecker gegangen … Du warst auch Zielscheibe vieler Beschimpfungen. Zu Zeiten der Gestaltungsmehrheit fand ich die Überschrift: „Kronawitter droht: Jetzt muß Zöller im Rathaus alles allein machen". Ich habe gedacht, das war schon immer sein Wunschtraum.

Seit einigen Jahren bist Du ein Muster für die Leichtigkeit des Seins. Du blühst auf und Politik macht Freude und jeden Tag mehr. Wir wollen, dass du noch viele Jahre Politik machst, nicht nur, damit Du nicht zum angedrohten Schreiben Deiner Rathausmemoiren kommst, sondern weil wir Dich und Deine Kompetenz in der Fraktion dringend benötigen. Wir wissen, Walter Zöller hätte in der Rathaushierarchie sehr viel höher steigen können. Der Titel heimlicher Stadtbaurat oder Planungspapst ist natürlich zu wenig. Leider scheitern diese Ambitionen daran, dass es sich bei Walter Zöller um einen ganz tragischen Sozialfall handelt. Er hat uns nämlich überzeugend dargelegt, dass ihn diese höheren Aufgaben als solche schon reizen würden, aber er könne leider nicht für das wenige Geld eines berufsmäßigen Stadtrates oder Bürgermeisters arbeiten. Er war daher leider gezwungen, sein Leben weiter mit dem Beruf eines Notars zu fristen, um zu standesgemäßen Einnahmen zu kommen.

Soweit einige Passagen aus der vergnüglichen Rede von Hans Podiuk.

Als Höhepunkt war natürlich die Laudatio von Peter Gauweiler konzipiert:

PETER GAUWEILER: Wie ich jetzt mit dem Auto hierher gefahren bin und vor mir mein Manuskript wälzte, sagte meine Frau Eva zu mir: Das schaut aber recht lang aus. Ich sagte darauf: Ich kann auch nichts dafür, er hat mich selber rausgesucht.

Es ist jetzt 40 Jahre her, dass Walter Zöller und meine Wenigkeit sich trafen. Es war bei der Abiturfeier des Ludwigs Gymnasiums. Er machte damals gerade Abitur, ich war in der ersten Klasse, angeblich soll Walter Zöller damals die Abitur Rede gehalten haben, ich kann mich nur daran erinnern, dass ich als Mitglied des Knabenchores des Ludwig Gymnasiums in Sopran sang „Komm holder Lenz".

Wie mich der Fraktionsvorsitzende angerufen hat und sagte: „Du i hab was, der Zöller wird 60" und ich hab gesagt „aha" und er möchte, dass Du die Laudatio hältst", da hab ich gsagt: „Da schau her"! Und ich habe diese Einladung als Ehre und mit Rührung erfahren. Und ich werde Dich hemmungslos loben.

Es ist ja wahr: Wir von der CSU sind als Bayern auch gelegentlich grob, aber wir haben es auch immer so gemeint.

Es verbindet uns eine politische Kooperation, die aber immer - und das will ich hier zum Ruhme des Jubilars sagen - bei allem Ärger, bei aller Freude, bei allem Spaß, bei allem Ernst, sich nie durch verbissene und verbohrte Politkasterei ausgezeichnet hatte.

Den benediktinischen Spruch: Primum vivere, deinde philosophare, (erst leben, dann das andere) hat unser Jubilar immer beherzigt, ohne sich das Dasein durch altertümliche Prüderie in irgendeiner Weise verderben zu lassen.

Im Archiv der SZ habe ich einen sehr lobenden Aufsatz gefunden aus dem Jahre 1988. In der „Zeit", dem Zentralorgan des großstädtischen Zigarillo-Rauchers, schrieb die bekannte Journalistin Nina Grunenberg, und ich glaube, sie hat das richtig erkannt, in einem großen Portrait: „Soweit es seine autoritäre Natur zulässt, ist er ein Liberaler." Er hat das Klassische der CSU seit Josef Müller und Alois Hundhammer hier in diesem Satz von Nina Grunenberg auf einen Nenner gebracht: Ja zur Liberalität, Nein zum Widerspruch.

Wenn sie sich dann in diesem Archiv durcharbeiten, und die ganze Arbeit im kommunalpolitischen Weinberg anschauen, dann könnte man sagen, es ist auch Mühe und Arbeit gewesen. Aber da wir nicht ernst sein wollen und auch etwas sagen wollen zu unseren Freunden von SPD und FDP und Grünen, die heute da sind: Liebe Freunde von Rot/Grün: Eines steht fest: Bei allem, was man dem Zöller nachsagen kann: Aber unter seiner Ägide und mit seinem stadtplanerischen Einfluss sind mehr Wohnungen in München gebaut worden, als ihr verhindert habt.

Er hat immer einer gesunden Konfrontation das Wort geredet, was uns immer gemeinsam stark gemacht hat („Das Laue speie aus"), aber Frau Thalgott, ich habe gelesen, wie er auf der einen Seite ihrem Vorgänger Ulrich Zech über die Jahre massiv zugesetzt hatte, aber dann, als Zech aus dem Amt schied, ihn in einer Weise lobte, dass Zech in der Vollversammlung des Münchner Stadtrats sagte: „Lob in dieser Härte hätte er nicht erwartet."

Als Walter Zöller als „heimlicher OB" amtiert hatte.

Ich lese in der AZ vom 15. Dezember 1987 einen Bericht von Rolf Henkel, große Schlagzeile: Walter Zöller sagt über sich: Ich bin mächtiger als der Oberbürgermeister.

44

Der CSU Fraktionschef fährt Porsche und schwimmt gerne unter Haien. Strauß hat ihm eine Watschn angeboten.

Da brauchst Du nicht so erstaunt schauen Monika, da warst Du erst zwei Jahre alt, bei allem Erinnerungsvermögen der Familie Strauß, das weißt Du nicht. Strauß drohte ihm Watschn an im Weißwurstkeller des Deutschen Theaters beim Presseball. Das weißt Du nicht, aber ich weiß, dass Zöllers Gegenkandidat bei der Jungen Union Landesversammlung in Starnberg um den JU Landesvorsitz, Theodor Weigel, später Deinem Vater eine Szene gemacht hat, weil es nicht zur Ausführung gekommen ist.

Aber wahr ist auch, dass in der Zeit, die in der Stadtgeschichte unter dem Kapitel „Das schwarz grüne Chaos", dass es auch der Ministerpräsident FJS war, der der Sache seinen Segen gegeben hatte.

Erich Kiesl hatte gedacht, durch einen Blitzbesuch in der Staatskanzlei dies zu verhindern, doch Strauß hatte dann in der ihm eigenen Klarheit und Wahrheit gesagt: Bei der Wahl zwischen Herzinfarkt und Lungenentzündung haben wir uns für die Lungenentzündung entschieden.

Aber natürlich, es gab auch das Liberale bei uns allen und ich habe auch entdeckt, worauf es bei Dir zurückzuführen ist. Die erste Eintragung des SZ-Archivs beginnt mit einer Notiz von Erich Hartstein am 22.6.1972: „Zöller gibt Vorsitz der Münchner JU ab" und er hatte sich damals gegen den Reaktionär Gauweiler für den Liberalen Kandidaten Kremzow entschieden, der an dieser Gegnerschaft zu meiner Person festgehalten hatte, die so weit ging, dass er sogar gegen mich als Oberbürgermeister kandidiert hatte, und da der Platz bei den Liberalen schon vergeben war, ist er bei den Republikanern angetreten.

Aber wir haben auch, wenn auch zu unterschiedlichen Zeiten, ähnliche Freundschaften entwickelt. Der Münchner Stadtanzeiger vom 15.6.1976 : „Zöller wird vorgeworfen, gesellschaftspolitischen und meinungsbildenden Umgang mit Manfred Brunner gemeinsam mit Journalisten zu pflegen."

Die Erfahrungen der Liebe, die nie so heiß brennen kann, wie unter Parteifreunden, die haben wir, Walter, ebenfalls gemeinsam. Ich habe von dir einen sehr witzigen Brief an Georg Kronawitter gelesen. Du schriebst an Kronawitter: „Ihr Trauma verbindet sich mit meinem Namen. Diesen Albtraum versuchen Sie nun regelmäßig dadurch zu überwinden, dass Sie verbal auf mir herumhacken, obwohl ich Ihnen nach dem gütigen Entschluss meiner Partei gar keine Schwierigkeiten mehr machen darf."

Ich kann nur sagen, ich seh es genau so.

Aber, Walter, wir beide hätten eben nicht den Spaß an Politik, den wir auch haben, aber um es nochmals mit dem Ministerpräsidenten Strauß zu sagen, der in solchen Situationen zu trösten pflegte: „Auf dem Schlachtfeld gibt es gelegentlich Verletzte". Wir hatten uns gelegentlich gemeinsam bekämpft, aber wir haben auch gemeinsam gekämpft und die Ergebnisse waren nicht schlecht, und manchmal haben wir uns auch gegenseitig ein glänzendes Armutszeugnis ausgestellt.

Liebe Freunde, wir sind auch zusammen gekommen, um zu feiern und Spaß zu haben, aber auch, um zu rühmen, und wir möchten hier auch sagen, Walter Zöller, wir sind stolz darauf, dich unseren Reihen und ganz vorne in der Fraktion zu haben.

Wenn einer denken sollte, wenn wir beide jetzt von Anflügen der Sentimentalität angerührt sind, dass wir nicht mehr einen riesigen politischen Haudrauf machen würden, dann habt ihr euch getäuscht.

Schauen wir in die Zukunft: Wenn, um auch nur ein Beispiel zu nennen, am 28. Februar 2030 Walter uns zu seinem 90. Geburtstag

bitten wird, und ich in geistiger Frische wieder die Laudatio an-
stimme, dann, Walter, wünsche ich dir und der ganzen CSU: 60
Jahre Zöller - Gauweiler waren nicht zu viel.

Kurze Passagen aus meiner DANKESREDE:

Es hat im Vorfeld dieser heutigen Veranstaltung einige Irritationen
gegeben, vor allem bei unseren Freunden der Münchner Presse, die
erstaunt gefragt haben: Wieso lobt dich Peter Gauweiler? Wenn ihr
die Zeitungen der letzten Jahre verfolgt, dann stand immer im Zusammenhang von Peter Gauweiler und mir „Der Gauweiler Gegner
Zöller".

Ein Körnchen Wahrheit ist ja auch in der Berichterstattung der
Presse. Darüber gibt es ja gar keinen Zweifel. Peter hat es ja selbst
zum Ausdruck gebracht. Und ich habe auf die Frage, warum ich mir
ausgerechnet Peter Gauweiler gewünscht habe, nicht alles gesagt,
was ich mir gedacht habe. Gesagt habe ich auf jeden Fall, einen
besseren Redner kann man sich kaum wünschen und dann habe ich
zart angedeutet, was ich jetzt sage: Wenn mich in der Politik ein
Mensch über 30 Jahre verfolgt, schikaniert und kujoniert hat, dann
soll er mich an meinem 60. loben MÜSSEN.

Und ich frage euch: Hat er das nicht toll gemacht?

Uns verbindet ja viel, lieber Peter, eines sage ich mit großem
Ernst: Bei allen Schwierigkeiten, die wir sehr häufig miteinander
hatten, muss ich sagen, und das ist in der Politik vor allem unter
ParteiFREUNDEN nicht so häufig üblich:

Wir sind immer ehrlich miteinander umgegangen.

Wir haben uns immer, oft schonungslos, die Wahrheit gesagt.

Ich erinnere mich 1990, nach der verlorenen Kommunalwahl, da
hat mich der Staatssekretär Dr. Peter Gauweiler in sein Zimmer,
bombastisch, für uns Stadträte gar nicht vorstellbar, bestellt und hat

mir knirsch und knapp eröffnet: Du mußt weg. Das habe ich zur Kenntnis genommen. Aber er war der einzige, der es mir gesagt hat.

(Zwischenruf Peter: und habe ganz frech gschaut)

Aber Peter Gauweiler hat mir bei einer anderen Gelegenheit auch ein freudiges Erlebnis bereitet - im Februar 1986.

Da kandidierte ich gegen meinen guten Freund Franz Josef Delonge um den Fraktionsvorsitz der CSU. Der Kreisverwaltungsreferent Gauweiler war der Leiter der Wahlkommission. Wir alle wussten, die Wahl geht so knapp aus, wie es knapper gar nicht mehr geht.

Das war vorher klar, man wusste nur nicht, wohin neigt sich die Schale. Dann haben sie ausgezählt und auf Wunsch von Peter Gauweiler noch einmal nachgezählt und dann hat sich bei der Nachzählung das Ergebnis bestätigt (18 : 17) und dann stieß Peter Gauweiler laut einen Fluch aus - das Wort wiederhole ich jetzt hier in der feinen Gesellschaft nicht - aber wie ich den Fluch gehört habe, wusste ich: Ich bin gewählt.

Der Peter hat die Geschichte mit Schwarz/Grün gebracht. Das Gespräch mit FJS war so:

Erich Kiesl, der völlig anderer Meinung war, was sein gutes Recht war, wollte das unbedingt verhindern. Er hat an Mittwoch Abend - am Donnerstag war das Gespräch - hier bei einem Fußballspiel dem Thomas Schmatz gesagt: Morgen bin ich beim Strauß und da zeig ichs dem Zöller.

Thomas Schmatz hat mich gleich angerufen nach dem Spiel und ich habe um acht Uhr früh am Donnerstag - für mich eine ungewöhnliche Zeit - in der Staatskanzlei angerufen und darum gebeten, dass die Fraktionsspitze bei dem Gespräch dabei sein darf.

Das wurde genehmigt und wir kamen dann in die Staatskanzlei, damals noch in der Schackgalerie. Da gab es, wenn man rein kam rechts ein Zimmer, genannt die Besenkammer, und dort wartete Erich Kiesl und war etwas irritiert, dass wir auch da waren.

Dann gab es ein langes Gespräch bei FJS und den ersten Punkt habe ich gesammelt als FJS sagte: Was trinken die Herren? Erich Kiesl sagte: Wasser, ich sagte: Wein. Strauß sagte: Da hams recht, ein Mann muss was Gscheits trinken. Das ging dann zwei Stunden hin und her und am Schluss war FJS total begeistert von der Idee, dass man es der SPD mal so richtig zeigt und dass man es mit den Grünen macht und hat zum damaligen Staatskanzlei-Chef Stoiber gesagt: Wir machen eine Presseerklärung. Dann hat der Edmund Stoiber gesagt: wenn Sie schon der Meinung sind, Herr Minister-präsident, dann lassen Sie es doch lieber die Fraktion machen. So haben wir es gemacht.

1.1.2017 - 6.1.2017

München ist geschlossen!

Heute Nacht wieder ein unruhiger Schlaf.

Mir geht durch den Kopf, dass am Abend eine Podiumsdiskussion zum Thema Wohnen stattfindet, an der ich teilnehmen werde. Ich habe eigentlich keine Lust mehr, immer wieder die gleichen Thesen zum Wohnungsbau zu vertreten und überlege deshalb, die Angelegenheit von der anderen Seite zu problematisieren. Beim Frühstück schreibe ich das gleich nieder:

„Haben wir zu wenig Wohnungen? Bauen wir immer mehr Wohnungen und haben doch immer mehr zu wenig?"

Diese Fragen stellen wir uns immer und immer wieder. Ich kann mich über mehr als vier Jahrzehnten an kein vergleichbares Kontinuum erinnern.

Vielleicht müssen wir die Frage anders stellen. Wollen einfach zu viele Menschen in München leben? Erstickt München an seiner eigenen Attraktivität?

Welche Reaktionen erfordert der unerwartete Bevölkerungszuwachs der letzten Jahre und der prognostizierte der kommenden Jahre? Kann die Antwort sein: noch mehr und noch mehr bauen?

Den Zuzug nach München kann man nicht begrenzen, sagen die Juristen. Wohl wahr. Die Freizügigkeit ist durch das Grundgesetz garantiert. Aber ich suche im Grundgesetz vergebens einen Artikel, der jedermann an jedem Ort der Bundesrepublik eine Wohnung garantiert. Wir aber glauben, zumindest moralisch, verpflichtet zu sein, jedem der nach München kommen will, eine Wohnung zur Verfügung zu stellen. Uns wird gepredigt, die Kommune sei verpflichtet, ihren Bürgern einen angemessenen Wohnraum zur Verfügung zu stellen. Welchen Bürgern? Denen, die hier leben? Oder allen, die hier leben wollen? Da schweigt die Verfassung.

Aber unsere besorgt verantwortungsvollen Diskussionen und Beschlüsse gehen davon aus, wir müssten den erwarteten Zuzug hinnehmen und die notwendige Infrastruktur in allen Bereichen zur Verfügung stellen. Warum? Welches Interesse sollten wir an einem stetigen Bevölkerungswachstum haben? Ich kann keines erkennen. Wir sollten den Menschen in ganz Europa klar machen: „München ist geschlossen. Und wenn ihr trotzdem kommen wollt, müsst ihr selbst schauen, wo ihr bleibt."

26. 01. 2017

77 Jahre

Eine merkwürdige Zahl, mit der ich eigentlich gar nichts verbinden kann.

Stundenlang verbringe ich heute Vormittag und Mittag damit, Telefonate entgegenzunehmen und SMS zu beantworten. Das freut und ermüdet gleichzeitig. Aber meinen Gratulanten fallen außer Genesungswünschen zu diesem Tag auch nur die naheliegende Bemerkung „Schnapszahl" ein.

50

Seit ich siebzig bin, kann ich mich mit diesem Jahrzehnt nicht identifizieren. Mir fällt dazu immer nur ein Fernsehinterview mit Ephraim Kishon zu dessen 70. ein, der sinngemäß auf die Frage, wie er denn das Altwerden fände, antwortete: Nicht schön, das einzig Gute daran sei, dass er nicht mehr jung sterben könne.

Nochmal: Ich will diese Jahreszahl einfach nicht, will damit nichts zu tun haben. Wenn ich von Personen in diesem Alter höre oder über sie lese, tauchen vor meinen Augen gebeugte, verschrumpelte Gestalten auf, am Stock gehend und manchmal nicht ganz bei Sinnen - und dann trifft es mich wie ein Schlag: Die sind ja in meinem Alter, teilweise sogar einige Jahre jünger.

Sprüche wie „Man ist so alt , wie man sich fühlt" oder „es kommt nur auf die geistige Frische an" helfen mir überhaupt nicht. Ich will einfach nicht zu diesem Jahrzehnt gehören.

22.02.2017

Gespräch mit Ludwig Spaenle

Ludwig Spaenle lädt mich zu einem Gespräch ein - natürlich geht es nicht um Bildung oder Kultur, sondern, würden viele sagen, um das Gegenteil, um Parteipolitik. Gar nicht so unrecht, meine diesmal auch ich.

Die parteiinternen Durchwahlen stehen an. Seit 22 Jahren bin ich nun Vorsitzender des Kreisverbandes Schwabing West und Nord, Milbertshofen und am Hart - natürlich wieder der Dienstälteste in München. Seit Jahren hatte ich immer wieder erkennen lassen, ich würde die Position gerne abgeben, aber stets hatten mich die Ortsvorsitzenden gebeten, noch einmal anzutreten.

Aber gerade heuer hätte ich gerne weiter gemacht, wegen der in knapp zwei Jahren anstehenden Gespräche über die nächste

Stadtratsliste. Daran haben jedoch auch andere gedacht, und so wurde Evelyne Menges aktiv und hat, ohne mit mir ein Wort über ihre Ambition zu reden, ihre Kandidatur in trockene Tücher gepackt.

In Sachen parteiinterner Personalpolitik und den damit verbundenen Versprechungen von Posten war ich in meinem ganzen politischen Leben ein totaler Versager, sie hat mich immer angewidert. Kritiker mögen wohl zu Recht sagen, ich sei immer zu arrogant gewesen, mich um die Menschen zu bemühen, sei der Meinung gewesen, ich sei wegen meiner Qualifikation gewissermaßen ein Selbstläufer. Kann man so sehen.

Bei der letzten Kreismitgliederversammlung sprach mich der Ortsvorsitzende des Hart, Mugdal, an, er werde nicht Menges, sondern mich wählen. Da wurde mir in meiner Naivität erstmals klar, dass Menges bereits um ihre Mehrheit kämpfte. Also sprach ich sie vor zwei Wochen an und sie erklärte, ihre Mehrheit stehe bereits. Ein Glanzstück kollegialer Loyalität.

Das Gespräch mit Spaenle begann denn auch bereits im Sinne der Selbstverständlichkeit, dass ich aufgeben würde. Der Vorsitzende hatte die Situation offenbar bereits gründlich analysiert und tat alles, mir den Abschied zu versüßen. Ehrenvorsitzender des Kreisverbandes - das hatte mir schon Menges angekündigt. Aber dann wirklich etwas Besonderes: Ehrenmitglied des Bezirksvorstandes, das gab es bisher erst zwei Mal, zu beschliessen beim Münchner Parteitag, wohlgemerkt in Anwesenheit des Ministerpräsidenten.

Dann unterhalten wir uns noch länger über vergangene Münchner CSU Zeiten und Spaenle schlägt mir vor, darüber Gespräche zu veranstalten. Natürlich gefällt mir die Idee, obwohl ich auch wieder mentale Probleme damit habe, nun als sog. "Zeitzeuge" geführt zu werden.

Summa summarum: ich werde mich keiner Kampfkandidatur stellen, wäre auch ganz schön bescheuert, meine Parteikarriere mit einer Niederlage zu beenden.

21.04.2017

P.S: einen Tag lang habe ich mir das alles noch einmal durch den Kopf gehen lassen und muß voller Hochachtung anerkennen, dass man eine schonende Art der Entsorgung gewählt hat.

22.04.2017

Geschichten aus der Münchner CSU

Bei dem Gespräch mit Ludwig Spaenle am vergangenen Freitag ging es gegen Ende um Geschichten aus der Münchner CSU. Spaenle glaubte sich zu erinnern, es habe bisher erst einen Kreisvorsitzenden gegeben, der länger amtiert habe als ich mit meinen 22 Jahren: Peter Schmidhuber.

Ich erzählte, dass ich kurz nach meinem Eintritt in die Partei 1959 an einer Ortsversammlung in Neuhausen mit dem Referenten Stadtrat Schmidhuber (später Minister und EU-Kommissar) teilgenommen hatte. Beim anschließenden gemütlichen Zusammensein erzählte der Herr Stadtrat sein heutiges Erlebnis: Er kam aus dem Rathaus, ging zu seinem Auto, das im Halteverbot am Marienplatz parkte. Man muß dabei daran erinnern, dass damals der Ost-West-Verkehr hauptsächlich über den Marienplatz ging.
Ein Polizist schrieb gerade einen Strafzettel, Schmidhuber sagte: „Stadtrat Schmidhuber, was machen Sie da? Ich komme gerade aus einer Sitzung des Stadtrates, wo hätte ich sonst parken sollen, um meinen Pflichten als Volksvertreter nachzukommen?"
Der Gesetzeshüter salutierte und erfüllte seine Aufgabe mit den Worten: „Herr Stadtrat, ich verwarne Sie gebührenfrei".
Wissen muß man dazu auch, dass die Münchner Polizei bis Mitte der Siebziger Jahre städtisch war. Ich selbst war ab 1972 bis zur Verstaatlichung Mitglied des Polizeiausschusses und habe, wie die anderen Mitglieder, zum Abschied die schöne blaue Polizeimütze geschenkt bekommen.

Heute erzähle ich immer, wenn ich gefragt werde, was mich motiviert habe, Stadtrat zu werden: Das Erlebnis Schmidhubers 1959. „So was will ich auch werden."

Aber heute? Die Polizei ist staatlich und Prominente und Mandatsträger haben keinen Bonus mehr, sondern gelten als Freiwild, das zu erwischen einen besonderen Erfolg bedeutet.
Es erinnert an alte Western-Filme, wo in den Colt wieder eine Kerbe geschnitten wurde, wenn der Nächste erlegt wurde.

Ich habe das erst im letzten Jahr wieder erlebt. Ich geriet in eine Alkohol Kontrolle. Auf die Frage, ob ich etwas getrunken hätte, antwortete ich: „Ja, Wasser, ich komme aus einer langen Stadtratssitzung, wo es keinen Alkohol gab." Darauf der Polizist sichtlich erfreut: „Ein Stadtrat, da haben wir ja einen fetten Fang gemacht."
Die Polizisten ließen mich dann zwei Mal blasen, zu ihrer sichtlichen Enttäuschung ohne Erfolg.

Aber was solls? Was habe ich da schon erlebt im Vergleich zu richtigen Prominenten, wie Max Strauß, der letztlich freigesprochen, aber vorher finanziell ruiniert wurde oder Christian Wulff, den eine geltungssüchtige Staatsanwaltschaft aus dem Amt vertrieben hatte. Auch ihm nützte der prozessuale Erfolg letztlich nichts mehr.
23.04.2017

Transrapid

Gestern Abend veranstaltete die Bayerische Hausbau ein Fachgespräch zum Thema „Stadtentwicklung im Zeichen der Digitalisierung". Die Diskussion beleuchtete auch die Frage, ob demokratische Entscheidungsprozesse hinderlich für Innovationen seien und die Beispiele Singapur und China bewiesen, dass autoritäre

Führungen in kürzester Zeit in der Lage seien, technische Neuerungen zu realisieren. Die Frage wurde am Podium offen gelassen.

In der Diskussion wies ich auf das Scheitern des Transrapid in München hin, dessen Realisierung am üblichen Widerstand der Bevölkerung gegen „Neues" scheiterte, bzw. an der Angst der Politiker vor Stimmenverlusten bei den kurz danach anstehenden Landtagswahlen. Im Kommunalwahlkampf ein halbes Jahr vorher mussten wir noch fest für den Transrapid kämpfen, die Minister ermunterten uns, gleich wie die Wahl ausfalle, die Bahn würde in jedem Fall gebaut. Nach der Stadtratswahl wurde das Projekt schnell beerdigt. Der Zug fährt jetzt in China.

Meinen Frust über diese Entwicklung brachte ich in einer Rede zum Ausdruck, worüber die SZ am 8.4.2008 wie folgt berichtete:

„Walter Zöller sprach von einem Projekt, das seine Zukunft schon hinter sich hat. Elegant leitete der CSU Mann auf das Theater um den Transrapid über. Er wisse gar nicht, warum Christian Ude sich neulich so über den Ministerpräsidenten echauffiert habe, lästerte Zöller vom Rednerpult des Stadtratsplenums, der OB kann doch dankbar sein, dass Günter Beckstein das Thema Transrapid über die Kommunalwahl hinaus verschleppt hat. Dank des Magnetzuges habe Ude die Wahl gewonnen und die CSU verloren. "Wir sind ein bisschen Kanonenfutter gewesen." Beckstein habe, so Zöllers Interpretation, das Projekt „erst gestoppt, als er gesehen hat, wie viele Verletzte auf dem Schlachtfeld liegen geblieben sind."

Wenn ich das heute, nach fast zehn Jahren wieder lese, tut mir meine Rede fast etwas leid, nicht wegen der nach wie vor zutreffenden Analyse, sondern wegen meines Angriffes auf meinen alten Freund Günther Beckstein. Niemand hat seit 1971 so fest zu mir gehalten wie der Politiker aus meinem Geburtsort. Aber manchmal muss man Persönliches zurückstellen.

Die Veranstaltung fand in dem ehemaligen Gebäude der Staats-
bank statt. Derzeit gibt es dort eine viel gerühmte Ausstellung über
das Deckengemälde Michelangelos aus der sixtinischen Kapelle.
Die einzelnen Bilder sind übermannsgroß an den Stellwänden auf-
gezogen, so dass man sie in Augenhöhe betrachten kann. Wenn
man allerdings das Gemälde in Rom selbst mehrmals betrachten
konnte, ist die Wirkung ernüchternd. Es fehlt gerade der Abstand,
die Lichtwirkung und der Gesamteindruck.

Aus der Nähe wirken die Bilder eher grob und es trifft wohl
zu, was Michelangelo über sich selbst sinngemäß gesagt haben
soll: Malen könne er nicht, er könne Skulpturen schaffen.

25.04.2017

Christiane Thalgott

Der erste Mai.
Für mich verbunden weniger mit der Arbeiterbewegung, sondern
mit der jährlichen, sehr nachdrücklichen Einladung Christine Thal-
gotts zu ihrem Geburtstag.
Diesmal, zu ihrem 75., findet die Feierlichkeit in ihrem Haus in
Berg am Starnberger See statt.
Zehn Jahre ist es jetzt schon wieder her, dass sie pensioniert
wurde. In den Jahren ihrer Amtszeit hat sie das Bild unserer Stadt
nachhaltig geprägt - die Ergebnisse werden bis heute kontrovers
diskutiert.
Vor allem die immer gleichen Strukturen in den Neubaugebieten
werden zunehmend kritisch gesehen:
Über viele Meter gleiche Höhen, dichte Bebauung, Abstandsflä-
chen so weit verkürzt wie rechtlich zulässig, dafür den immer gleichen Park, der kaum frequentiert wird - das alles unter dem Motto
„Kompakt - Urban - Grün".

Aber sie hat auch viel Positives bewirkt, hat sich mit bewunderns-
werter Energie nach einer schwierigen Startphase Achtung erworben. Bei ihrem Amtsantritt galt sie als konsequente Autofeindin,
dieser Ruf eilte ihr von ihren früheren Wirkungsstätten voraus, und
so kam es zu dem Schlachtruf gegen sie: „Ab nach Kassel", daher
kam sie, und wurde bekannt dadurch, dass sie den Autos das Fahren
durch die Aufstellung von Pollern erschwerte. Aber gegen Ende
ihrer Tätigkeit erregte ein Satz von ihr größte Aufmerksamkeit:
„Das Auto ist der Rollstuhl des alten Menschen".

Dabei ist ihre Leidenschaft zum Fahrrad bis heute nicht zu er-
schüttern und verbunden mit hoher persönlicher Glaubwürdigkeit.
Sie bekennt sich dazu nicht in Sonntagsreden wie andere kommu-
nale Spitzenpolitiker, die vor allem durch ihre große Limousine
fortbewegt werden - nein, Thalgott radelt über jede Entfernung und
bei jedem Wetter.

Persönlich ist sie von einer erstaunlichen Stabilität. Über viele
Jahre war ich ihr Koreferent, also der ehrenamtliche Stadtrat, der am
engsten mit ihr zusammenarbeitete. Natürlich kam es dabei immer
wieder auch zu Kontroversen. Sie ertrug mit großer Gelassenheit
andere Standpunkte, selbst wenn ich mich gegen sie durchsetzte.
Andere sind dann beleidigt, aber den Begriff „Beleidigtsein" kennt
sie offenbar gar nicht. Christian Ude erzählte gerne eine Geschichte
aus einer Sitzung:

Ich sprach am Rednerpult, direkt hinter mir Frau Thalgott, neben
ihr Ude, auf den sie ununterbrochen einredete. Mich störte das,
ich drehte mich ein paar mal irritiert zu ihr um, ohne Erfolg. Dann
wurde es mir zu viel und ich fragte sie laut und vernehmlich: „Frau
Kollegin, haben Sie auch eine Austaste?" Großes Gelächter, und
auch die Stadtbaurätin war offensichtlich amüsiert.

Heute also der Geburtstag am Starnberger See, in der Einladung schrieb sie, sie erspare uns heuer die vier Stockwerke in der
Belgradstrasse, die offenbar ihr Trainingsgelände sind. Viele Gäste,

die ich nicht kenne, aber wir unterhalten uns ohnehin fast nur mit der Gastgeberin und bewundern durch die verregneten Fenster das große Grundstück mit Seeblick.

01.05.2017

Der Vertragsbruch und das SPD Desaster

Nach langen Verhandlungen hatten wir Mitte Februar 1987 mit der SPD den Haushalt verabschiedet, fast drei Monate später als geplant. Unsere Hauptbedingung war erfüllt: Beide Parteien verpflichteten sich, alle wichtigen Beschlüsse im Jahr 1987 nur gemeinsam zu fassen, die ganze Verabredung wurde medienwirksam vor der Presse unterzeichnet.

Ich konnte mir nicht vorstellen, dass die SPD noch im gleichen Monat vertragsbrüchig werden würde, früher hätte man gesagt: „Die Tinte war noch nicht trocken". Schon am 23. Februar beschloss die SPD-Fraktion mit 24 zu 9 Stimmen, einen Pakt mit den Grünen für die Referentenwahlen zu schließen, ohne auch nur ein Wort mit uns darüber zu verlieren.

Der erste Akt des Deals sollte bereits in den nächsten Wochen über die Bühne gehen: Die Wahl von Christian Ude zum Kreisverwaltungsreferenten. Als Gegenleistung für die Grünen sollte das Umweltreferat zu einer Mammutbehörde mit ca. 1000 zusätzlichen Mitarbeitern aus anderen Referaten vergrößert und ein Grüner neuer berufsmäßiger Stadtrat werden, wenn die Amtszeit des CSU Mannes Dr. Schweikl zu Ende gegangen war.

Diese gewaltige Umorganisation sollte per Dringlichkeitsantrag beschlossen werden, ein Dilettantismus ohnegleichen, der durch die Regierung von Oberbayern gestoppt werden musste.

58

Der Deal sollte aber einen Monat später umgesetzt werden. Zur Verwunderung der Medien führten wir eine Flugblatt-Aktion durch, verteilten 7000 Aufrufe vor den von der Umorganisation betroffenen Behörden und erstmals suchte uns der gesamte städtische Personalrat auf und bat um unsere weitere Unterstützung gegen die rot-grünen Pläne. Nichts fiel uns leichter, als dies zuzusagen.

Als neuer Termin wurde der 8. April für die Wahl des KVR-Referenten festgesetzt. Die Ausgangslage war eigentlich klar.

Rot-Grün hatte 42 Stimmen, CSU und FDP 39. Aber unser Kandidat Dr. Hans-Peter Uhl und ich ließen uns von den Zahlen nicht beeindrucken. Wir wohnten beide nahe beieinander in Obermenzing und trafen uns an vielen Abenden, um eine Gewinnstrategie zu planen.

Uns war klar: Der Schwachpunkt bei der Wahl war Kronawitter selbst. Er hatte sich gerade in den letzten Tagen wiederholt skeptisch über die Zuverlässigkeit der Grünen geäußert und war nur durch den linken Parteivorstand auf Ude-Linie gebracht worden

Also bat ich den OB um ein Gespräch unter vier Augen. Ich beklagte mich bitter über den Vertragsbruch der SPD und pokerte hoch:

Werde der Rot-Grüne Pakt vollzogen, könne Kronawitter bis 1990 bei keiner Abstimmung mit CSU-Stimmen rechnen. Er sei dann immer auf die Grünen angewiesen, dann drohte ich: „Dann schnappt die grüne Falle zu."

Kronawitters Reaktion hatte ich in dieser Klarheit nicht erwartet.

„Herr Zöller, ich hatte Ihnen bis zum Schluss nicht geglaubt, dass Sie den Haushalt ablehnen würden. Jetzt glaube ich Ihnen. Ich weiß, was zu tun ist."

Bei der dramatischen Wahl fehlten vier rote Stimmen, Ude erhielt 38, Uhl 41. Die Grünen hielten ihre Zusagen, kennzeichneten ihre 6 Stimmen mit einem senkrechten Kreuz, was zwar als Beweis für ihre Zuverlässigkeit taugte, aus Unerfahrenheit aber gleichwohl dumm war, denn gekennzeichnete Stimmzettel sind ungültig. Uhl wäre also auch gewählt worden, wenn alle Rot-Grünen für Ude votiert hätten.

Am Ende der Sitzung kam der OB zu mir und fragte mit verschwörerischen Lächeln: „Sind Sie jetzt zufrieden?"
Ich konnte das nur bejahen. Interessant, dass die Abendzeitung zwei Tage später mit der Schlagzeile erschien: „Schuldige gesucht: Ist Kronawitter einer der Verräter?"
Die Wahl war natürlich ein Drama, die Schlagzeilen am nächsten Tag entsprechend:
„Riesen-Debakel für SPD" (AZ).
„SPD muß jetzt ihre Verräter suchen" (TZ)
„Sensationswahl" (MM)

Unser Erfolg hatte nicht nur zur Folge, dass wir unsere Referentenposition halten konnten, er veränderte die Konstellation im Rathaus grundlegend für die nächsten drei Jahre.
Die SPD war geschockt und suchte hektisch die Verräter. Es waren vier, aber sie mobbten nur zwei, das Pärchen Kripp-Henkel, von denen ich wusste, dass sie Ude gewählt hatten. Kronawitter, der das auch wusste, weil er ja die Abweichler kannte, sprach zu Recht von einer „Hexenjagd" gegen die beiden. Die hielten das nicht lange aus, verließen die SPD und verhalfen schließlich uns zur „Gestaltungsmehrheit" von einer Stimme, mit der wir bis 1990 keine Abstimmung verloren.
(Vergleiche auch Tagebuch vom 23.11.2016)
Der Jubel über den Wahlerfolg war verständlich, aber die längerfristige Auswirkung konnte niemand vorhersehen.

05.05.2017

Silberhochzeit von Edith Welser-Ude und Christian Ude

Vor einigen Jahren baten mich Edith von Welser-Ude und Christian Ude, bei der Feier ihrer Silberhochzeit die Rede zu halten. Anwesend waren viele Familienmitglieder und Parteifreunde, keine Presse. Am Ende meiner Laudatio überraschte ich das Publikum mit der Behauptung, Christian verdanke den OB-Job nur mir. Denn hätte ich seine Wahl 1987 nicht verhindert, wäre er bis 1993 Kreisverwaltungsreferent gewesen, zuständig für Recht und Ordnung, im übertragenen Wirkungskreis, weisungsunterworfen der Regierung von Oberbayern. Keine Empfehlung für eine damals stark linke SPD. Da hätten die Genossen sicher einen anderen OB Kandidaten gehabt.

Als ich meine Rede schloß mit der nochmaligen Feststellung, Ude verdanke seinen OB nur mir, rief Edith dazwischen: "Aber gewollt hast Du das nicht."

Wie schön, dass ich meinen Faust kenne, der mir das beklatsche Ende eingab: „Ich bin ein Teil der Kraft, die stets das Böse will und stets das Gute schafft."

06.05.2017

Begegnungen mit FJS - 70 Jahre Junge Union

Man hatte ca. 800 JU-Mitglieder aus ganz Bayern aktiviert und zu Beginn der Veranstaltung eine Podiumsdiskussion mit früheren Landesvorsitzenden abgehalten - das interessierte die jungen Leute weniger, von der Diskussion bekam man gerade in den ersten Reihen etwas mit.

Wie immer freute ich mich, Theo Waigel zu treffen, der mich lachend mit „mein Gegenkandidat" begrüßte.

Ja, das war 1971 und hatte eine längere Vorgeschichte.

1969 hatte die Union die Macht verloren, die FDP hatte sich klammheimlich zur SPD verabschiedet, was bei den Liberalen aber auch zu heftigen Verwerfungen führte. Nicht alle Abgeordneten wollten den Schwenk mitmachen und wurden von der Union umworben: Unter anderem ein FDPler namens Geldner, dem Strauß für den Parteiwechsel einen sicheren Landeslistenplatz für die nächste Wahl zugesichert hatte.

Das irritierte den damals sehr puristischen Jungjuristen und Münchner JU-Vorsitzenden Walter Zöller nachhaltig: Zuständig für den Beschluss über die Landesliste ist schließlich eine von der Basis gewählte Versammlung und nicht der Parteivorsitzende.

Also berief ich Mitte Dezember 1970 eine Mitgliederversammlung ins Kolpinghaus Zentral ein mit dem Thema „Der Fall Geldner". Riesen Aufregung in der CSU Landesleitung. In einem Telefonat nach dem anderen wurde ich aufgefordert, die Veranstaltung abzusagen, wenn nicht, könne ich meine politische Kariere gleich vergessen. Das beeindruckte mich nicht sonderlich, ich hatte ohnehin nicht die Absicht, Berufspolitiker zu werden, mit der Notarnote im Rücken hatte ich interessantere berufliche Möglichkeiten.

Also fand die Versammlung statt, der Saal überfüllt. Ich hielt eine völlig sachliche Rede mit dem Für und Wider von Mandatszusagen, letztlich aber doch mit dem Ergebnis, diese seien problematisch.

Aber die Stimmung hatte ich dann nicht mehr im Griff.

Heute glauben ja viele, es hätte damals in den 60er und den frühen 70erJahren auf der einen Seite die linken rebellischen 68-er und auf der anderen Seite die braven Jung-Unionisten gegeben. Weit gefehlt. Alle politisch organisierten oder wenigstens interessierten jungen Menschen waren kritisch gegenüber Machthabern. Nur ein besonders schönes Beispiel:

Es gab den mächtigen Kultusminister Dr. Ludwig Huber, der aber gleichzeitig auch noch Fraktionsvorsitzender der CSU im bayerischen Landtag war, ein Unikum der Gewaltenteilung, das es meines Wissens auch nie wieder gab. Seine Bildungspolitik war hoch umstritten und so zog auch unsere Münchner JU demonstrierend vor das Ministerium am Salvatorplatz mit dem Schlachtruf: „Haut den Huber in den Zuber". Soviel zur Stimmungslage.

Auch bei unserer „Geldner"-Veranstaltung ging es hoch her, ein junger Mann, den wir nicht kannten, rief besonders laut: „Strauß absägen!" Die Presse nahm das begierig auf und so erschien die SZ mit der Schlagzeile: „Junge Union Münchens: Strauß absägen." Da der Rufer unbekannt war, wurde natürlich ich als Vorsitzender in Haftung genommen. Den jungen Mann lernten wir später gut kennen. Er wurde Stadtrat und Bundestagsabgeordneter: Berti Frankenhauser.

Kurz darauf kam es dann beim Presseball im Weißwurstkeller des Deutschen Theaters zum Eklat. An einem großen Tisch hielt F.J. Strauß Hof, umgeben von Journalisten. Brigitte und ich gingen vorbei, Strauß nickte mir zu, also ging ich zu ihm hin, um anständig Grüß Gott zu sagen. Da erst registrierte er, wer ich sei und eine Schimpfkanonade brach über mich herein, unter anderem: „Ich lasse mir von so charakterlosen Burschen wie euch die Partei nicht kaputt machen. Der erste, der damit anfängt, der kriegt von mir persönlich einen Kinnhaken, dass es ihn raushaut. Psychisch und physisch bin ich noch mindestens eben so gut beieinander wie ihr alle. Die Partei muß wählen zwischen Leuten wie Zöller und mir." (Bis heute werde ich noch auf die Szene angesprochen, allerdings wurde aus dem Kinnhaken eine Watschen, in norddeutschen Blättern eine Ohrfeige).
Die Journalisten am Tisch schrieben begeistert mit und Franz Schönhuber, damals noch linker Kolumnist der Abendzeitung, machte am 19.01.71 eine Story über den jungen Helden, den einzigen, der den Mut habe, gegen die Macht aufzubegehren.

Aber was sollte ich mit dem frischen Ruhm anfangen? Strauß wollte mich offenbar los haben. Da gab es nur zwei Möglichkeiten: Kuschen oder die Situation weiter eskalieren lassen. Ich entschied mich für das Letztere und mir fiel etwas ein, das meine Freunde für verrückt erklärten und meine Gegner nur belächelten. Ich kündigte meine Kandidatur für den Landesvorsitzenden der JU Bayern an.

Man muß dazu wissen, dass wir Münchner nur ein kleiner Verband waren, hatten nicht einmal ein Mitglied im Landesvorstand und der neue Chef stand schon lange fest: Theo Waigel vom großen Bezirksverband Schwaben.

Mir war klar, dass ich ein blamables Ergebnis nur vermeiden könnte, wenn ich in die Offensive ginge. Also bestand ich auf einem Novum, einer Diskussion der beiden Kandidaten vor der Wahl. Das konnte man mir nicht verwehren und so kam es in Starnberg am Abend vor der Abstimmung zu einem Duell, in dem ich gegen verkrustete Machtstrukturen loszog. Die Wirkung war grandios. Ganze Bezirksverbände schlugen sich auf meine Seite, etwa die Oberbayern, die Mittel- und Unterfranken, die Niederbayern, auch Delegierte, die später berühmt, sogar Ministerpräsidenten werden sollten, wie Edmund Stoiber und Günther Beckstein.

(Der Münchner Merkur berichtete am 14.6.71: „Im Kandidatenhearing am Freitag Abend hatte Zöller zumindest durch seinen forschen aggressiven Kurs den Gegenbewerber ausgepunktet. Der Applauspegel schlug zu seinen Gunsten aus.")

Die Abstimmung am nächsten Tag verlor ich knapper als erwartet: Theo Waigel 142. ich 112 Stimmen. Theo war ein fairer Sieger, er gratulierte mir zu dem „beachtlichen Achtungserfolg". Dann wurde ich mit den meisten Voten bei sechs Kandidaten zum stellvertretenden Landesvorsitzenden gewählt.

Viele Beobachter waren der Meinung, ich hätte gewonnen, wenn sofort nach der Diskussion gewählt worden wäre:

(Der Tagesanzeiger: „Zöller hatte nichts zu riskieren. Deshalb spielte er mit offenen Karten. Souverän in der Sache, hart und klar sein Konzept. Der Außenseiter suchte weder Deckung bei lauen Phrasen, noch schreckte ihn das Risiko, durch gewisse Äußerungen die Delegierten zu verprellen. Er hatte an diesem Abend jedoch einen nicht kalkulierbaren Feind: Die Zeit. An diesem Freitag Abend hätte seine Stunde geschlagen. Aber die Nacht war lang.")

Als Strauß am Sonntag zu seiner traditionellen Abschlussrede am 13. Juni 1971 in den Saal einzog, gab es neben Beifall auch ein lautes Pfeifkonzert, was ihn dazu veranlasste, die Auseinandersetzung mit mir zu beenden. Er gratulierte auch mir zur Wahl und zwar besonders herzlich, mit dem Zusatz, alles, was über uns in den letzten Wochen in den Zeitungen zu lesen war, seien bösartige Erfindungen.(„Über den Fall sind längst die Wogen der Isar, der Donau oder sonst was geflossen.")

Über all die folgenden Jahre hatte ich zu Strauß dann ein rein sachliches Verhältnis mit zwei Höhepunkten:
Einmal das gemeinsame, nicht endend wollende Gespräch im Meer bei Terracina, über das mein Freund Herbert Riehl-Heyse in seinem letzten, 1998 erschienenen Buch („Ach, Du mein Vaterland") ein köstliches Kapitel schrieb, und ein halbes Jahr vor seinem Tod 1988 das lange Gespräch in der Staatskanzlei, bei dem er letztlich unseren schwarz-grünen Referentenpakt absegnete.
Mit Theo Waigel habe ich dann vier Jahre lang harmonisch und erfolgreich zusammengearbeitet.
Besonders gefreut hat mich ein Brief Theos zu meinem 75. Geburtstag. Ich darf daraus zitieren:
„Du hast mit großem Erfolg die Kommunalpolitik Münchens über Jahrzehnte mit gestaltet und mich hat es in die Bundespolitik verschlagen. Unsere Gegenkandidaturen im Jahre 1971 mit einer denkwürdigen Auseinandersetzung in der Podiumsdiskussion hat unser

Verhältnis, ja unsere Freundschaft nicht belastet. Ich habe allerdings damals einen großen Fehler gemacht, indem ich die von Franz Josef Strauß angedrohte Watschen nicht ernst genug genommen habe. So saß ich plötzlich als „Strauß Epigone" auf dem Podium, obwohl Strauß alles versucht hatte, um den persönlichen Referenten von Anton Jaumann als Landesvorsitzender zu verhindern. Gemeinsam haben wir der Jungen Union von 1971 bis 1975 ein eigenes Gepräge verliehen und sie zum anerkannten Begleiter der CSU gemacht."

So macht Politik doch Freude. Und ich bin stolz darauf, mit dem großen Staatsmann befreundet zu sein.

14.05.2017

Das Ende als Kreisvorsitzender

Heute also der Tag, an dem meine 22jährige Zeit als Kreisvorsitzender der CSU im Münchner Norden zu Ende gehen soll. (Vgl. 21.4.2017)

Am fünften Mai hatte noch das übliche Treffen der Ortsvorsitzenden vor der Neuwahl stattgefunden. Da wurde schnell klar, dass alle, mit Ausnahme meiner treuen Gaby aus dem Olympiadorf, ihren Deal mit Menges bereits gemacht hatten. Am tollsten trieb es der Vorsitzende Am Hart, Mugdal, der mir noch vor kurzem versichert hatte, er werde nur mich, und niemals Menges wählen, und nun darum bat, sie vorschlagen zu dürfen. Die anderen druckten so rum, ich brachte meine Enttäuschung darüber zum Ausdruck, wie intrigant man sich verhalten habe und ging.

Vor wenigen Minuten rief Menges an, um mir die Wohltaten mitzuteilen, die heute Abend vorgesehen seien: Delegierter im Bezirksparteitag, Ehrenvorsitzender des Kreisverbandes, und Spaenle wolle die zu beschließende Ehrenmitgliedschaft im Münchner CSU-Vorstand ankündigen. Ich reagierte nicht und nahm auch ihre weiteren Anrufe nicht ab und habe gute Lust, am Abend gar nicht da zu sein.

Wenn doch, dann überlege ich mit folgende kurze Rede anstelle des sog. Rechenschaftsberichtes:

„Vor 22 Jahren habe ich einen völlig zerstrittenen Verband übernommen, bezeichnender Weise durch eine Kampfabstimmung. In den folgenden Jahren ist es gelungen, die Situation zu befrieden und unseren Verband wieder auf Augenhöhe mit den anderen Kreisverbänden im München zu bringen. Praktisch im Alleingang habe ich auch unseren KV finanziell saniert und hinterlasse ihn in einem geordneten Zustand.

In den letzten Tagen bin ich wiederholt gefragt worden, weshalb ich nicht mehr kandidieren werde. Ich habe die Frage nie beantwortet und werden es auch jetzt nicht. Die Umstände, die zu meinem Verzicht geführt haben, werde ich in meinen Erinnerungen ausführlich darlegen, in den Erinnerungen, die seit einem knappen Jahr zügig verfasst werden. Wen es dann noch interessiert, muss auf die Veröffentlichung warten. Manche, nicht nur Medien, warten schon ganz gespannt.“

Der Wahlabend

Bei der Neuwahl selbst lief dann alles so ähnlich ab, wie vorstehend überlegt. Kurz vorher hatte ich noch einen kurzen SMS-Austausch mit Ludwig Spaenle, der anfragte, ob er seinen Vorschlag, mich vom Bezirksparteitag zum Ehrenmitglied berufen zu lassen, vor dem Kreisverband öffentlich machen könne. Ich riet davon ab, er verkündete es dann trotzdem und hielt mir eine Laudatio, von der einem besoffen hätte werden können, wenn man nicht wüsste, dass er vor allem wieder einmal eine rhetorische Meisterübung abliefern wollte: (Lieber Walter, für Frust besteht angesichts Deiner Vita keinerlei Anlass. Du stehst singulär in der Münchner CSU, da ist auch ein neuer Abschnitt gestaltbar.)

So ging also ein weiterer Abschnitt meines politischen Lebens zu Ende, leider mit der erneuten Erkenntnis, dass man umgeben ist von Intriganten, denen ich noch nie Paroli geben konnte.

Gott sei Dank besteht Politik nicht nur aus Personalpolitik, sondern primär aus Sachthemen, die einen faszinieren, vor allem in dem Bereich, in dem schon immer als Planungssprecher zuständig bin.

16.05.2017

Die Ehrung

Wer hat sinngemäß gesagt: „Mit fortschreitendem Alter verfolgen einen die Ehrungen mit unerbittlicher Härte?". Heute Abend beginnt es bei mir. Beim Münchner CSU-Parteitag steht auf dem Programm gleich zu Beginn, noch vor der Rede des Ministerpräsidenten, „Ehrung Stadtrat Walter Zöller".
Erfolgen soll meine Aufnahme in die kleine Reihe der Ehrenmitglieder der CSU München.

Spaenle würdigt meine Laufbahn in einer kurzen guten Rede, meine nun bereits 58jährige Parteizugehörigkeit, mein Einspringen nach dem Tod meines Freundes Prinz Konstantin von Bayern als Bundestagskandidat in einer aussichtslosen Situation, als Münchens längst dienender Kreisvorsitzender, letztlich meiner Zeit als Fraktionsvorsitzender und „Schwarzer Riese".

Bei all meiner Neigung zum Sarkasmus muss ich zugeben, dass mich die einstimmige Abstimmung und der langanhaltende Beifall doch berührt haben. Seehofer gratulierte mir persönlich besonders herzlich, ich erinnerte ihn daran, dass mein Vater einer seiner Vorgänger als Bayerischer VdK-Vorsitzender war.

Mit der heutigen Ehrung verbunden ist das Recht zur Teilnahme an den Sitzungen des Bezirksvorstandes. Das Recht, nicht die Pflicht.

26.06 2017

SCHWARZ - GRÜN I

Kurz nach den aufregenden Wochen der Ude-Nicht-Wahl und der Veränderung der Mehrheitsverhältnisse im Stadtrat durch den Austritt von Kripp und Henkel aus der SPD begannen die ersten Spekulationen über das große Referentenpaket, das im nächsten Jahr zur Wahl bevorstand. Wir hatten nun die berühmte Ein-Stimmen-Mehrheit und die Presse fragte: Wird Zöller die Abstimmungen damit durchziehen?

Nicht im Traum dachte ich daran. Aus Erfahrung wusste ich, dass man geheime Abstimmungen nie mit einer knappen Mehrheit wagen darf. Es gibt immer einen oder zwei aus der eigenen Fraktion, die unerkannt eine Rechnung begleichen wollen.

Für mich kam nur eine Vereinbarung mit der SPD in Frage - an einen Pakt mit den Grünen dachte ich damals keine Minute.

Später wurde oft kolportiert, ich hätte von Anfang an eine Abmachung mit den Grünen angestrebt. In Wahrheit führte ich die ersten vertraulichen Gespräche mit Kronawitter und dem SPD Fraktionsboss Dr. Dietmar Keese, mit dem ich gut befreundet war.

Die erste Gelegenheit dazu hatten wir bei einer Reise nach Wien und Budapest Ende Mai 1987. Wir waren eingeladen zum Champions-League Endspiel Bayern München: Porto (das wir knapp verloren), fuhren am nächsten Tag mit dem Zug nach Budapest, wo uns der Vize-Bürgermeister betreute. Der war ein schwer-gewichtiger Lebemann, der uns zum Abendessen in ein uriges Weinlokal einlud. Er sprach dem Rebensaft heftig zu und glaubte uns mit dem

Bekenntnis erheitern zu können, er sei der Budapester Vorsitzende des Vereins gegen den Alkoholismus. Kronawitter war sichtlich empört und verlies unsere Runde.

Aber unsere Gespräche über die Referentenwahlen bei dieser Reise verliefen in einer konstruktiven Atmosphäre, Kronawitter war zu diesem Zeitpunkt ohnehin noch sehr zufrieden mit der politischen Entwicklung, die Uhl-Wahl hatte er schließlich selbst mit mir gemeinsam gemanagt und hatte seither oft erklärt, jetzt seien die rot-grünen Verirrungen am Ende. Er war überzeugt, er könne nun sein Lieblingsspiel mit wechselnden Mehrheiten besonders souverän machen. Er hatte dafür auch eine Zusage von Peter Kripp, dass alles mit ihm abgesprochen werde. Bei unseren ersten Koalitionsgesprächen wies Kripp denn auch etwas pathetisch darauf hin: Unter uns ist immer noch ein unsichtbarer Gast - er meinte natürlich den OB.

Der Gast verließ uns allmählich und verschwand endgültig, als Kripp zunehmend das Gefühl hatte, er werde von Kronawitter nur als möglicher Mehrheitsbeschaffer mißbraucht.

VOR GERICHT - ERSTE INSTANZ

Kripp, Henkel beschäftigten Kronawitter ständig weiter, sein Verhalten wurde zunehmend irrationaler. Obwohl ihm bewusst war, dass er zunehmend auf mich angewiesen war, verleumdete er mich persönlich vor dem Presseclub:

„Es zeigt sich, dass ich bis jetzt nicht ganz unrecht hatte, in der Meinung, dass man Mehrheiten, wie Zöller geglaubt hat, doch nicht kaufen kann, man muss sie erkämpfen. Wer glaubt, Mehrheiten kaufen zu können, der macht keine großen Sprünge. Und ich glaube nach wie vor, dass Kripp und Henkel nicht käuflich sind. Das ist eine Frage der Moral."

Ich beantragte den Erlass einer einstweiligen Verfügung, wollte den Vorwurf der Bestechung nicht hinnehmen. Die Richter am Landgericht fanden Politiker aber nicht besonders schützenswert. Sie lehnten meinen Antrag ab. Der Rechtsschutz für Politiker sei im Gegensatz zu Privatpersonen in Fragen von Meinungsäußerungen minderer zu beurteilen. Und der Kernsatz des Urteils: „Politiker müssen eine dicke Haut haben."

Kronawitter triumphierte: Er habe als OB noch nie vor Gericht verloren. Seine Niederlagen als Landtagsabgeordneter klammerte er dabei geschickt aus. Aber auch mit mir war noch nicht das letzte Wort gesprochen. Schließlich gab es noch eine zweite Instanz vor Gericht. Und darüber gibt es später noch Interessantes zu berichten.

Nach diesem Intermezzo zurück zu den REFERENTEN-WAHLEN:

Auch heute ist mir unerklärlich, was Kronawitter mit seinem Versuch des Rufmordes bezweckte. Schließlich betonte er gleichzeitig, mit der CSU und mir kollegial über die Wahl der Referenten verhandeln zu wollen.

Ich stand auch nach Kronawitters Attacke Ende August zu meiner Absicht, bei den Referentenwahlen die SPD mit einzubeziehen, wie „Die Welt" am 2.5.1987 zitierte:

„Die Latte, die Zöller den Genossen vorhält, ist für diese nicht ohne Gefahr zu nehmen. Denn erstens ist der CSU Fraktionschef bei dem Zahlenspiel, wer wie viele Posten erhält, nicht bereit, sich den Kreisverwaltungsreferenten Uhl auf die CSU-Liste anrechnen zu lassen, denn dieser sei schließlich in hartem Kampf auf freier Wildbahn errungen worden. Ohne Uhl lautet Zöllers Arithmetik: 4 : 4 : 1. Das heisst vier Referenten für die CSU, vier für die SPD, einer für die FDP. Drei weitere Posten stünden Parteifreien offen."

Ich fand, dies sei angesichts der Mehrheitsverhältnisse ein faires Angebot, das ich nach den August-Turbulenzen allerdings mit getrübter Empathie verfolgte.

Am 16.9.1987 fand dann die erste Verhandlungsrunde zwischen CSU und SPD statt. Anwesend die Fraktionsspitzen beider Parteien, aber auch der OB, was den Fortgang der Gespräche belasten und schließlich scheitern lassen sollte. Wir gingen zunächst ohne Ergebnis nach dem Austausch von Grundpositionen auseinander, trafen uns dann regelmäßig.

Eigentlich war eine Einigung für die SPD nicht besonders schwer, hatten sie doch bisher nur zwei Referenten, deren vier hätte ich im Vorfeld ja schon für angemessen bezeichnet. So sahen das eigentlich auch die beiden Fraktionsbosse Dr. Dietmar Keese und Klaus Jungfer. Wir hätten bald einig sein können - wäre da nicht Kronawitter gewesen, den die eigenen Referenten mit keinem Wort interessierten, der aber in jeder neuen Verhandlung verlangte, die CSU müsse auf einen weiteren berufsmäßigen Stadtrat verzichten, der in der Amtszeit Kiesls gewählt worden war. Eine absurde Forderung. Wäre es nach dem OB gegangen, hätten wir gerade noch zwei Behördenchefs behalten.

Kronawitters Ziel wurde immer deutlicher: Bereits nach wenigen Monaten unserer „Gestaltungsmehrheit", in denen er stets in der Minderheit blieb, wollte er eine Einigung mit der SPD scheitern lassen und uns in die Wahl mit der Ein Stimmen Mehrheit treiben. Das zu erwartende Scheitern kostete er schon bei den Verhandlungen genußvoll aus.

Er glaubte, wir hätten keine Alternative. Das glaubten fast alle, auch und gerade in unserer Partei. Ein schwarz - grüner Pakt? Das hatte es in der ganzen Bundesrepublik noch nicht gegeben.
Daran war nicht zu denken.
Wir dachten nicht nur daran.

30.05.2017

SCHWARZ - GRÜN II

Nach vier ergebnislosen Verhandlungsrunden mit der SPD beschloß meine Fraktion einstimmig, nun die Suche auszuweiten und mit allen politischen Kräften im Rathaus eine Lösung zu suchen - auch mit den Grünen. In einem Pressegespräch am 14. Oktober 1987 teilte ich dies mit und natürlich war für die Medien die Einbeziehung der Grünen die eigentliche Sensation. Allerdings nahmen gerade erfahrene Rathausberichterstatter die Neuigkeit nicht sehr ernst, wie ein Kommentar von Eberhard Geiger im Münchner Merkur unter der Überschrift: „Alles nur Drohgebärden" zeigte:

„Derzeit sind wir Zeuge eines Vorspiels, das leicht über ein Faktum hinweg täuschen könnte: Am Ende müssen sich CSU und SPD über eine Referentenmannschaft einigen, so wie dies schon mehrfach in Finanzfragen geschehen ist. Den Gegner mürbe machen, lautet die Devise, und so lässt eben vorerst die CSU die Sozialdemokraten im eigenen Saft schmoren."

Diese Einschätzung zeigt wieder einmal, wie man sich gerade durch Erfahrung irren kann. Ich hatte den Fraktionsbeschluss nicht herbeigeführt, um die üblichen Spielchen zu machen, ich hatte einfach die Schnauze voll von der Unzuverlässigkeit und Unberechenbarkeit des Obersozis Kronawitter.

(Übrigens: Als Eberhard Geiger feststellen mußte, dass er sich geirrt hatte, korrigierte er sich nicht etwa, sondern zog unter der Überschrift „Zöllers faustischer Pakt" massiv über mich her. Faust? Ich fühlte mich geehrt.)

Bereits am 21.10. trafen wir uns mit den Grünen zu einem dreieinhalbstündigen Gespräch, das überaus freundlich verlief. Wir besprachen zuerst Verfahrensfragen, vor allem das strittige Problem der geforderten Ausschreibungen, die ich für eine Zumutung gegenüber Bewerbern hielt, wenn die Wiederwahl eines Referenten unumstritten war.

Für die nächste Runde kündigten die Grünen an, ihre bisher streng geheimen Personalvorstellungen zu offenbaren. Da war ich gespannt, hatte ich doch deutlich gemacht, für uns käme kein linker Protagonist in Frage, von denen es genug gab. Schließlich waren die Grünen teilweise eine Abspaltung von der SPD, denen die alte Tante zu konservativ geworden war.

Dann aber präsentierten uns die Grünen einen Berliner Parteimann, der für uns nach allen Recherchen überhaupt nicht in Frage kam. Um doch noch zu einer Lösung zu kommen, forderte ich die Grünen auf, ihre bisherige Haltung aufzugeben, dass kein grünes Fraktionsmitglied kandidieren dürfe. Für uns, lockte ich, käme Georg Welsch als Kommunalreferent durchaus in Frage. Denn, einen Urbayern, glaubte ich auch der eigenen Partei vermitteln zu können. Zudem gab es an der Qualifikation des Juristen und Volkswirts keine Zweifel und zu einem Öko passte die Zuständigkeit für Müll nicht schlecht.

Letztlich akzeptierten die Grünen meinen Vorschlag Welsch. Das war der Durchbruch für eine Einigung. Letztlich war das Ergebnis für uns mehr als befriedigend: War unser Maximalziel ursprünglich, unsere bereits amtierenden Referenten abzusichern, kam nun noch der Gesundheitsreferent (Dr. Zimmermann) hinzu. Kronawitter dagegen hatte uns bei den Verhandlungen kräftig zurechtstutzen wollen.

Unsere Fraktion war von dem Verhandlungserfolg begeistert. Massiver Widerstand aber kam von der Partei, vor allem vom Vorsitzenden Erich Kiesl. Er berief eine gemeinsame Sitzung von Bezirksvorstand und Fraktion ein, die kontrovers und laut ablief und ohne Einigung endete.

Ich muß natürlich zugeben, dass der Widerstand gegen unsere Vereinbarung mit den Grünen nachvollziehbar war, schließlich gab es in der ganzen Bundesrepublik bis dato nichts Vergleichbares:

Schwarz - Grün? Undenkbar. Oder wie es Kronawitter vor und nach der Referentenwahl unermüdlich formulierte: „Unappetitlich". Kiesl aber gab nicht auf. Eine Woche vor der terminierten Referentenwahl rief mich mein Freund Stadtrat Thomas Schmatz nachts an. Er hatte Kiesl bei einem Bayernspiel im Olympiastadion getroffen. Der Alt-OB brüstete sich damit, morgen einen Termin bei Strauß zu haben: „Da werden wir den Zöller-Wahnsinn beenden".

Kiesl hätte besser geschwiegen, dann wäre wohl die Geschichte anders verlaufen. Aber er konnte wieder einmal den Mund nicht halten - sein Schwachpunkt seit Jahren.

So hatte ich durch Zufall von dem Termin erfahren und rief früh am Donnerstag im Büro Strauß an und bat, an dem Gespräch teilnehmen zu können: „Damit der Ministerpräsident objektiv informiert wird". Meiner Bitte wurde entsprochen.

Die Staatskanzlei war damals noch in der Schackgalerie untergebracht. Gleich neben dem Eingang befindet sich ein kleines Zimmer für wartende Besucher. Kiesl war schon da, und als er meine beiden Stellvertreter und mich kommen sah, fragte er überrascht und irritiert: „Was wollt ihr denn?" Mit dem freundlichsten Lächeln ärgerte ich ihn: „Aber Erich, wir haben doch einen Termin bei Strauß".

Der große Vorsitzende begrüßte uns in aufgeräumter Stimmung: „Was trinken die Herren?" Kiesl, der nicht als Alkoholverächter bekannt war, bat um Wasser, ich um Wein. Erster Punkt, Strauß kommentierte meinen Wunsch zustimmend: „Da haben Sie recht, ein gescheiter Mann muß was Gscheites trinken."

Schade, dass es kein Protokoll über das über zweistündige Gespräch gibt.

Natürlich hatte Strauß anfangs nicht das geringste Verständnis für einen Pakt mit den Grünen. Aber die Diskussion machte ihm sichtlich Spaß. Viele meinen ja, Strauß sei ein Autokrat gewesen, der keinen Widerspruch duldete. Mein Eindruck war völlig anders. Er war offen für Argumente, bereit, sich von einer abweichenden Auffassung überzeugen zu lassen.

Letztlich, glaube ich, fand er den Gedanken reizvoll, die Münchner SPD und vor allem Kronawitter dafür büßen zu lassen, dass sie sich an keine Vereinbarungen mit uns gehalten hatten und uns mit Hilfe der Grünen immer wieder vorführen wollten. Die Überlegung, die SPD nun ausgerechnet mit Hilfe der Grünen im Regen stehen zu lassen, fand er überzeugend, frustrierte Kiesl, der sich ziemlich passiv verhalten hatte, und beendete die Diskussion mit der Feststellung: „Herr Dr. Stoiber, wir geben eine Erklärung ab, dass wir die Absicht der Fraktion begrüßen."

Mein langjähriger Freund Edmund Stoiber, damals als Minister Leiter der Staatskanzlei, hatte in die Diskussion nicht eingegriffen, protestierte aber jetzt deutlich dagegen, dass quasi die Staatsregierung hinter dem nie gekannten Pakt stünde. Strauß daraufhin: „Also gut, dann soll Zöller das eben erklären." Was ich dann auch tat.
(vgl. auch die Reden zu meinem 60.Geburtstag (1 . 1. 2017)

Am Mittwoch darauf verliefen die stundenlangen Referentenwahlen mit den Grünen und der Gestaltungsmehrheit wie vereinbart. Meine Überzeugung, man könne einen derartigen Marathon nicht mit einer Stimmen Mehrheit wagen, erwies sich als richtig. Bei jeder Abstimmung fehlte bei uns die eine oder andere Stimme, aber es langte immer.

Die bundesweite Presseresonanz war überwältigend.
30.05.2017

VOR GERICHT - ZWEITE INSTANZ

Natürlich akzeptierte ich das erstinstanzliche Urteil meiner Klage gegen Kronawitter nicht („Wer glaubt, Mehrheiten kaufen zu können...") . Die Auffassung des Gerichts, Politiker seien Freiwild, der Verleumdung schutzlos ausgeliefert, konnte auch im Interesse aller politisch (vor allem ehrenamtlich) Tätigen nicht hingenommen werden.

Also ging ich in Berufung mit folgender Begründung:

„Es darf auch in der Politik nicht möglich sein, dass man jemanden völlig unbegründet ehrverletzende Vorwürfe macht, nur um Schlagzeilen zu bekommen oder politische Stimmungsmache zu betreiben."

Die Berufung hatte einen vollen Erfolg.

Ich zitiere aus der SZ vom 20.2.1988:

„Was darf ein Politiker nicht mehr sagen? Wann packt er seinen Gegenspieler bei der Ehre? Diese Frage hatte das Gericht zu klären. Zunächst geht das Gericht bei Kronawitters umstrittener Aussage nicht von einem Werturteil, sondern von einer Tatsachenbehauptung aus. Wie immer auch Kronawitter formuliert hat, es werde der Eindruck eines konkreten Vorganges erweckt. Der Vorwurf, ein Politiker wolle sich Mehrheiten „kaufen", treffe den Kernbereich politischer Tätigkeit und gewissermaßen das Mark politischer Gesinnung, stellt das Gericht fest. In dem Vorwurf sei nämlich enthalten, dass Zöller die Grundregeln politischer Auseinandersetzung mißachte, wenn nicht geradezu pervertiere. Es stehe deshalb außer Frage, dass ein solcher Vorwurf die Ehre verletze.

Das Gericht stellt fest, dass die in der Äußerung Kronawitters liegende Tatsachenbehauptung unwahr sei ... Kronawitter stehe hinsichtlich seiner Äußerung auch kein Rechtfertigungsgrund zur Seite."

Soweit der Bericht der SZ.

Man hätte erwarten können, dass Kronawitter sich entschuldigt oder wenigstens Ruhe gibt. Aber so war er nicht. Sein Kommentar: „Der Bürger habe gut verstanden, was er in der Angelegenheit gemeint habe."

Aber mit dem Urteil war die Sache nicht ausgestanden. Es folgte die „Prozesskostenaffäre".

Der OB wollte die Verfahrenskosten nicht selbst bezahlen, sondern verlangte, die Stadt solle sie überweisen. Diesem Ansinnen widersprach der Leiter der Rechtsabteilung des Direktoriums in einem Gutachten und letztlich auch das Gericht in einem Kostenfeststellungsbeschluss. Sinngemäß befand das Gericht, es gehöre nicht zu den Dienstaufgaben eines Oberbürgermeisters, Stadträte zu beleidigen.

Die Affäre schlug große Wellen in der Münchner Presse, sehr zum Ärger des OB, der den Juristen Dr. Grasser, der zu Recht interveniert hatte, zur Strafe in das Baureferat versetzte. Ich will die ganze Geschichte aber nicht ohne ein versöhnliches Ende beschließen:

Viele Jahre später ehrte die Stadt ihren OB Thomas Wimmer mit einer Gedenkveranstaltung. Im Anschluss daran unterhielt ich mich mit Hans Jochen Vogel und Kronawitter über Wimmers Zeiten und kamen auf den kurzzeitigen Stadtrat Rechtsanwalt Dr. Gritschneder zu sprechen.

Und da erlebte ich erstmals einen Anflug von Humor, ja sogar eine Art von Selbstironie bei Kronawitter:

„Ja, Ja, der Gritschneder. Als mich der Baron Finck verklagte, hatte er den als Anwalt und ich verlor den Prozess. Da nahm ich mir vor, wenn ich wieder einmal verklagt werde, nehme ich den auch als Anwalt. Dann verklagte mich der Zöller, mich vertrat der Gritschneder, aber da habe ich auch verloren."

31.05.2017

Christian Ude

Am Abend des ersten Tages der Hauptversammlung des Bayerischen Städtetages in Rosenheim fand die traditionelle Einladung der gastgebenden Stadt statt. Nach dem Essen wurde ein „Überraschungsgast" angekündigt. Man hätte ahnen können, wer da die Gäste überraschte: Christian Ude in seiner neuen Leidenschaft als Kabarettist. Unter anderem brachte er eine hinreißende Satire über die Jurysitzung eines Bauwettbewerbes. Ich fragte ihn, wo man das nachlesen könne: „In meinem Buch ′Ich baue ein Stadion′, klärte er mich mit leicht vorwurfsvollem Unterton auf: „Du hast das Buch ja sicher".

Ja, Udes Bücher.

Bei der Feier meines 70.Geburtstages in der Grütznerstube des Rathauses gab mir der OB die Ehre einer Laudatio. Nach viel Lob, etwa über meine Begabung als Redner, das mir die Schamesröte ins Gesicht hätte treiben müssen, wäre ich dazu fähig, kam Ude zu dem allfälligen Geschenk. Ich zitiere:

„Ich nehme an, dass Du schon mehrere Zinnkrüge, auch Glaskrüge mit Zinndeckel, Porzellanfiguren in Mönchsgestalt Dein Eigen nennst, und deswegen habe ich mich gefragt: Was kann die Stadt einem einmaligen Stadtrat schenken, das keiner je bekommen hat und aller menschlichen Voraussicht nach auch keiner je erhalten wird. Es ist, um die ernüchternde Meldung gleich vorauszuschicken, ein Buch …"

- Mein Gott , dachte ich, wohin mit noch einem Buch, und später sagten die Zuhörer, mein Gesichtsausdruck habe sich verdüstert -

Und Ude fuhr fort: „Ein Buch, aber ein besonderes Buch, das ich herausgegeben habe, ich bin auch Mitverfasser. Das Buch heißt, und es ist übrigens nur der erste Band einer Reihe, Christian Ude,

Herausgeber und Mitverfasser: ,Glückwünsche Münchner Stadt-oberhäupter an Stadtrat Walter Zöller. Erster Band 1981 - 2010, Eigendruck im Selbstverlag, streng limitierte Auflage ein Exemplar. Und dieses Buch ist der vollständige und nicht zensierte, farblich kopierte Akt der Protokollabteilung über Glückwünsche an den Stadtrat Walter Zöller. Es beginnt mit einem Schreiben von Bür-germeister Helmut Gittel aus dem Jahre 75 und geht weiter mit Schorsch Kronawitter, der auch gratuliert. Man kann eine gewisse Distanz auch aus Glückwunschschreiben herauslesen, nämlich in der Entschlossenheit zur knappen Form.

Erich Kiesl hat sich übrigens - das verblüfft Eingeweihte - Anfang 79 noch knapper gehalten als Schorsch Kronawitter. Wir erfahren auch Zeitgeschichtliches, z.b. hat Walter Zöller zum 40. Geburtstag zur Verrechnung auf Unterabschnitt 00601/0000.5 Stadtvertretung, Repräsentation, Ehrungen einen Blumenstrauß erhalten hat. Und dann werden die Schreiben mit dem Gewicht des Stadtrates immer gewichtiger und immerhin seit 1990 bin ich dann der Autor und irgendwann verfällt es von distanziertem, aber respektvollen „Sie" in ein kumpelhaftes „Du", die letzten sind Dir vielleicht noch in Erinnerung und der allerneueste vom 4. März 2010 ist dabei und ich wünsche Dir viel Vergnügen.“

Und ich habe bis heute an diesem Geschenk mehr als Vergnügen. Vor allem, weil die immer länger werdenden Briefe Christian Udes stets kleine Kunstwerke waren und - alle anderen Gratulanten mö-gen mir es nachsehen - ich am Geburtstag nichts mehr erwartete als das Schreiben aus dem zweiten Stock des Rathauses.

Aber mit dem Ende der Amtszeit Christian Udes war natürlich auch ein Ende der Glückwünsche des Oberbürgermeisters zu erwar-ten. Doch der letzte Brief vom 28.2.2014 verdient es, vollständig wiedergegeben zu werden:

Lieber Walter,

Nun ist es also vollbracht! Wie enttäuschend dieser Glückwunsch-brief auch sein mag, es wird der letzte sein und bleiben, jedenfalls als städtische Gratulation des jetzigen Oberbürgermeisters. Wahrlich lange habe ich mich abgemüht, Dir nach einem eher wortkargen Glückwunsch im Februar 1994, dem aber immerhin schon eine Beilage hinzugefügt war, möglichst kenntnisreich, beziehungsreich und geistreich zu gratulieren - stets in dem Irrglauben, dann würdest Du wenigstens auf Sonderprägungen neuartiger Gedenkmünzen für Deine außerordentliche Amtsdauer verzichten. Vergeblich! Du wolltest trotzdem, dass völlig neue Ehrungen ersonnen und für teures Geld realisiert werden, um Deine 40 und mehr und immer mehr und immer noch mehr Jahre im Amt zu würdigen und dem Amtsinhaber zu huldigen und Jubelchöre anzustimmen, denen sich dann gefälligst auch der Deutsche Städtetag anzuschließen hat, weil Du dort auch schon seit ewig und drei Tagen Dein Unwesen treibst und nicht einmal daran denkst, das Schicksal deutscher Kommunen in jüngere Hände zu legen.

Beim Volkswagen ist es tatsächlich das größte Kompliment, wenn man ihm nachsagt, dass er fährt und fährt und fährt und fährt … und niemals aufhört damit. Aber bist Du wirklich der Volkswagen unter Münchens Stadträten? Nicht wenigstens ein Porsche Cayenne (gut auch für den älteren Herrn mit Porsche-Fimmel)? Oder doch lieber ein Rolls Royce ehrenhalber, feudal und luxuriös vom Dach bis zum Reifenabrieb, besser gesagt vom Scheitel bis zur Sohle? Und so teuer, dass ihn sich kein Mensch leisten kann? Das hätte was, lieber Walter! Aber nein, Du fährst und fährst und fährst, um Dich als Volkswagen unter den Ratsherren tief in das Gedächtnis der Stadt einzugraben. Ich wünsche Dir viel Glück für die nächste große Inspektion und einen gnädigen TÜV.

Ich werde mich derweil radelnd davonmachen und nie mehr Ende Februar davor erschrecken, dass schon wieder ein

Geburtstagsglückwunsch für Stadtrat Walter Zöller fällig ist. Und wenn, dann werde ich nur aus Spaß an der Freud schreiben und nicht aus Pflichtbewusstsein!

Herzlich
Dein Christian

01.07. 2017

Wahlkampf

Gut, es ist Wahlkampf, da wundert man sich nicht besonders über manch Merkwürdiges.

Heute habe ich ein Kandidaten-Wahlplakat der Bayern-Partei gesehen, auf dem sich der Bewerber als „ehrlich" anpries. Zu seinen Gunsten nehme ich einmal an, dass er sich dabei nicht viel gedacht hat. Denn was bedeutet „ehrlich" im politischen Konkurrenzkampf?

Doch wohl die Aussage, man unterscheide sich von allen anderen, denen man implizit unterstellt, sie seien zumindest unehrlich, wenn nicht Schlimmeres, etwa korrupt. Ähnlich problematisch ist ein anderes, scheinbar harmloses Walversprechen „Mir können Sie vertrauen". Den anderen Kandidaten etwa nicht?

Mit dieser Art von Wahlwerbung bedient man weit verbreitete Vorurteile gegenüber der Politik insgesamt, Vorurteile, die offenbar unausrottbar sind. Damit muß der politisch Tätige zwar leben.

Aber es ist ein Unterschied, ob derartige Unterstellungen von einer Sensationspresse ständig verbreitet werden, oder ob die Politik selbst sie instrumentalisiert.

Mir ist kein Berufsstand bekannt, der so unermüdlich an seiner eigenen Verächtlichmachung und Erniedrigung arbeitet, wie der der Politik. Auch im täglichen Tun. Immer wieder glauben Politiker, ihr

Stern leuchte heller, wenn sie anderen Kollegen Böses unterstellen und nachsagen. In Wahrheit ziehen sie nicht etwa nur ihre Opfer in den Dreck, sondern sich selbst auch. Denn die Volksmeinung differenziert nicht wie beabsichtigt, sie fühlt sich lediglich bestätigt in ihrer Meinung: „Alles Lumpen".

15.7.2017

Hand auflegen

Es ist so sicher, wie der Wechsel der Jahreszeiten: im Juli und im Dezember erhöht sich in meinem Planungsausschuss der Ausstoß von Sitzungsunterlagen dramatisch; man könnte vermuten, die Verwaltung habe das ganze Jahr nur auf die letzten Sitzungen vor den Großen- und den Weihnachtsferien hingearbeitet. Und die Unterlagen kommen dazu noch knapp vor den Sitzungen.

Böse Menschen meinen, dies alles sei eine infame Strategie, um den Stadtrat faktisch lahmzulegen. Und tatsächlich ist es nicht einmal einem Vollzeit-Profi möglich, in kurzer Zeit alles durchzuarbeiten, vom Ehrenamtlichen ganz zu schweigen. In vielen Jahrzehnten habe ich mir eine Methode erarbeitet, um gerade als Sprecher den Überblick zu behalten. Zuerst den Antrag lesen, dann das Inhaltsverzeichnis, die regelmäßigen historischen Passagen kann ich mir sparen - „kenne ich schon", der Rest ist stichwortartig konsumierbar.
Mir gefiele die Methode meines alten Freundes Stadtbaurat Uli Zech, Vorlagen zu lesen, natürlich am besten. Als wir in den 70. Jahren ein Problem kontrovers diskutierten und ich ihn darauf hinwies, seine Äußerungen in der Sitzung seien das Gegenteil der Ausführungen in seiner eigenen Vorlage, antwortete er: „Zöller, ich lese meine Vorlagen durch Handauflegen". So zeitsparend bin ich noch nicht. Aber ich bemühe mich.

17.07.2017

Dr. Hans Steinkohl

Seit einiger Zeit hängt in der Fraktion im Gang zum Sitzungssaal ein Foto unseres früheren Bürgermeisters Dr. Hans Steinkohl. Aus Spaß fragte ich einige Fraktionskollegen, ob die wüssten, wer da abgebildet sei. Niemand wusste es.

Aber das einzig Erinnerungswerte an diesen Mann kann nicht nur die Straße sein, die nach ihm benannt wurde. Denn nach meiner festen Überzeugung hätte er die Münchner politische Geschichte ab 1972 entscheidend verändern können.

Zum einen war er nach dem Tod von Georg Brauchle ein sehr beliebter Bürgermeister, der als Arzt bei der Bevölkerung ohnehin viel Sympathien besaß.

Zum Helden aber wurde er am 4. August 1971. An diesem Tag ereignete sich in Deutschland der erste Banküberfall mit Geiselnahme. In der Deutschen Bank in der Münchner Prinzregentenstraße hielten die Bankräuber Todorov und Rammelmayr achtzehn Menschen gefangen, verlangten zwei Millionen Mark und einen Fluchtwagen. Als nach vielen Stunden das Auto vorgefahren war, setzte sich Rammelmayr mit einer jungen Frau in den Wagen, woraufhin die in solchen Situationen noch unerfahrenen Polizei das Feuer eröffnete. Beide Insassen wurden getroffen, Rammelmayr tödlich, die junge Frau schwer verletzt. Dr. Steinkohl lief, noch im Kugelhagel, zum Auto, rettete die Geisel, die aber später in der Klinik starb. Das ganze Drama wurde live vom Fernsehen übertragen - auch das ein Novum in Deutschland.

So traurig der Anlass war: Die Münchner CSU hatte einen Star. In einem halben Jahr standen die Kommunalwahlen an, die SPD hatte einen völlig unbekannten Landtagsabgeordneten als Kandidaten. Nichts logischer, als unseren Bürgermeister zu bitten, für die CSU in den Ring zu steigen. Der aber weigerte sich. Ich kann mich noch gut an die Bemühungen im Bezirksvorstand erinnern,

Steinkohl umzustimmen. Erfolglos. Er habe nun mehrere Jahre mit Dr. Vogel zusammen gearbeitet, sei von ihm tief beeindruckt und der festen Überzeugung, das Amt eines Oberbürgermeisters könne nur ein Jurist, aber kein Arzt bekleiden.

Und so verloren wir 1972 die OB Wahl. Angesichts der Popularität Dr. Steinkohls hätten wir sie gewonnen und die Nachkriegsgeschichte bis heute wäre anders verlaufen.

18.07.2017

Richtfest Südwink

Heute Vormittag das Richtfest „Südwink" von Hans Schlamps „Accumulata". Ich soll als Zweiter reden, mache mir über den Inhalt der Rede aber keine Gedanken. Wie immer wird mir schon etwas einfallen, wenn ich das Mikrophon vor mir habe. Und im übrigen bin ich es seit langem gewohnt, überzogenen Erwartungen gerecht werden zu müssen. Das kann auch zur Belastung werden. Melde ich mich zu Wort, habe ich nach der Meinung vieler Zuhörer etwas Besonderes zu liefern. Wie es der sympathische Kollege der „Piraten", Ranft, heute vor meiner Rede beim Richtfest zu einem Gast sagte: „Wenn der Kollege Zöller ans Rednerpult tritt, wird es ganz ruhig und niemand verlässt den Saal."

Oder wie man in der AZ am 6. Juli in dem ganzseitigen Artikel über mich (von A-Z) anläßlich meiner 45jährigen Stadtrats-Zugehörigkeit lesen konnte:

„Arroganz sagen Walter Zöller nicht nur seine politischen Gegner nach, sondern auch die eigenen Leute. Wohl auch deshalb, weil Zöller vielleicht der brillanteste Redner ist, den das Münchner Rathaus je hatte. Zum großen Verdruss des ebenfalls begnadeten Christian Ude wählten die Stadträte Zöller in einer „Mister-Stadtrat-Wahl" der Abendzeitung einst zum Star-Redner Nummer eins".

Soweit die AZ. Das mit der Arroganz weise ich natürlich voll Empörung zurück. Ich nenne das eher „Selbstbewusstsein". Aber ich verstehe natürlich die Journalistin: Sie benötigte einen Begriff für „A".

Wenn ich es mir recht überlege, kann ich mit dem Erwartungsdruck doch ganz gut leben, besser jedenfalls, als wenn die Zuhörer stöhnen würden: „Ach, der schon wieder."

Bei meiner Richtfestrede heute brachte ich das Auditorium erst einmal zum Lachen. Vor mir sprach die Stadtbaurätin Dr. Merk. Dann begann ich wie folgt:

„Vorhin fragte mich ein Freund, was ich sagen werde. Woher, antwortete ich, soll ich wissen, was ich sage, bevor ich höre, was die Stadtbaurätin sagt. Und ihrer Rede kann ich mich nur vollinhaltlich anschließen und danke für Ihre Aufmerksamkeit."

Natürlich endete ich nicht nach dem Gelächter, sondern berichtete über die Geschichte des Areals, die wirklich bemerkenswert ist.

In der zweiten Kronawitter-Amtszeit traten die Isar-Amper-Werke an die Stadt heran mit der Ankündigung, sie würden die Stadt ins Umland verlassen, wenn für ihre Raumbedürfnisse kein ausreichendes Baurecht im Münchner Süden geschaffen würde. Die Stadt entsprach dem Ansinnen, Peter Lanz gewann den Wettbewerb - mit einem 70 Meter hohen Bürohaus - und Hans Schlamp verkaufte die Grundstücke.

Doch mit der Verlagerung der Firma aus der Brienner Straße in den Süden wurde es nichts, die IAW wurde von den Bayernwerken geschluckt, die von der Viag und die wiederum von der EON.

Die EON vergaß das schöne Grundstück praktisch, sie hatte es ja einfach gratis mitbekommen, niemand interessierte sich für die Verwertung - außer einem: Hans Schlamp hatte seinen ehemaligen Grundbesitz nie aus den Augen verloren. Aber was damit anfangen? Seit der Eröffnung des Flughafens FJS wurden größere Büroflächen vor allem in Airport Nähe nachgefragt und nicht im Münchner Süden. Und so machte sich die Firma Accumulata auf den beschwerlichen Weg, den Büro-Bebauungsplan größtenteils in „Wohnen" umwandeln zu lassen, und erwarb von der EON eine Kaufoption, die später auch ausgeübt wurde.

Motto: nach fast zwanzig Jahren heim ins Accumulata Reich.
Und so entstehen gerade über 1000 Wohnungen, 105 Studenten-appartements, eine Ärztehaus und Gewerbeflächen.

Die Erfolgsgeschichte über einen Unternehmer, der ein Ziel über viele Jahre beharrlich verfolgt, alle behördlichen Hürden überwindet und Werte schafft, die auch die Stadt und ihre Bewohner dringend benötigen, müsste noch geschrieben werden.

20.07.2017

Verabschiedung des Heimatpflegers der Landeshauptstadt München, Gert F. Goergens.

Seit siebzehn Jahren übte er dieses zeitraubende Ehrenamt mit Erfolg aus.
Vor einigen Wochen bat mich die Planungsverwaltung, die Rede bei der Veranstaltung zu halten. Ich sagte gerne zu und sammelte einschlägige Informationen.
Als ich dann die gedruckte Einladung erhielt, nahm ich erstaunt zur Kenntnis, dass ich lediglich begrüßen solle, danach sollten zwei Laudationes, von der Stadtbaurätin und vom Generalkonservator Pfeil, folgen.
War meine Vorbereitung umsonst?
Eine trockene Begrüßung mit Überreichung von Abschiedsgeschenken wollte ich nicht halten. Da kam mir eine launige Idee: Ich fragte das Auditorium: „Soll ich Euch den Ude machen?"

Den ratlosen Zuhörern erklärte ich diesen in Kulturkreisen geläufigen Begriff: „Begrüßte Christian Ude, begann die Leidenszeit eines jeden nach ihm vorgesehenen Laudators. Denn Ude breitete lang und breit sein Wissen über den oder die zu Ehrenden aus, der eigentliche Laudator strich verzweifelt eine Zeile nach der anderen aus seinem Manuskript oder bemerkte bei seiner Rede spätestens nach jedem zweiten Satz: „Wie der Herr Oberbürgermeister bereits ausführte".

Den wunderbaren Höhepunkt erlebten wir, als Gerhard Polt einen Kabarett-Kollegen loben sollte und Christian Ude wie üblich vor ihm tabula rasa machte. Daraufhin Polt: „Is eh scho ois gsagt" und erfreute uns mit einer Stehgreif Persiflage über eine Stadtratssitzung."

Nach dieser Erzählung bat ich unter großem Beifall die Stadtbaurätin zu ihrer Laudatio ans Mikrophon.

25.07.2017

MANFRED BRUNNER

Gestern vor einer Woche feierte mein alter Freund Manfred Brunner seinen 70. Geburtstag - nur im Kreis seiner Großfamilie. Bibi und ich luden ihn und Gudrun zum Abendessen ein, eigentlich wäre ich natürlich für die Einladung zuständig gewesen, aber das ließ Manfred nicht zu. Eigenwillig, wie er immer war.

Schon als wir uns das erste Mal trafen, hätte man das erahnen können.
Es war im Bundestags-Wahlkampf 1969, ich war für meinen kurz vorher bei einem Flugzeugabsturz gestorbenen Freund Prinz Konstantin von Bayern als Kandidat eingesprungen. Eine Podiumsdiskussion stand an, mit dem SPD-Kandidaten Manfred Schmidt, und

88

für die FDP kam der 22jährige Jungdemokraten-Vormann Manfred Brunner. Eigentlich eine Konstellation zwei gegen eins, denn die Jungen Liberalen standen schon fest auf der linken Seite, wohin ihnen die Mutterpartei wenige Wochen später folgen sollte.

Vor dem Beginn der Diskussion gab es einige Erfrischungen und da hatte sich Brunner mit Brigitte unterhalten, und war so angetan, dass er - nach eigenen Worten - fand, den Ehemann einer so netten und attraktiven Frau müsse man unterstützen, auch wenn er ein verabscheuungswürdiger Schwarzer sei. Und noch heute erzählt er voller Begeisterung, wie er zwischen mir und Schmidt saß, der die Angewohnheit hatte, seine Antworten aufzuschreiben. Manfred las das interessiert mit und als er zu Wort kam, begann er: "Herr Schmidt wird jetzt sicher gleich sagen....". Der war erstaunt und strich sorgfältig seine Notizen wieder durch. Er war schließlich Staatsanwalt. So begann unsere Freundschaft.

Sie vertiefte sich, als wir beide 1972 in den Stadtrat gewählt wurden, Manfred als zweitjüngster mit 24 Jahren. Wir spielten uns bei den Reden mit großem Vergnügen die Bälle zu, manchmal kam es aber auch zu ernsthaften Kontroversen, was durch Zwischenrufe mit „Ehekrach" kommentiert wurde. Derart offensichtliche Freundschaften über Parteigrenzen hinweg goutiert nicht jeder treue Parteisoldat. Auch Erich Hartstein, der Macher des „Münchner Stadtanzeigers" notierte in seinem Blatt: „In der CSU herrscht Empörung. Während andere Wahlkampf machen, machte Stadtrat Walter Zöller Urlaub und skandalöserweise mit dem FDP-Mann Manfred Brunner."

Die Umstände dieses Urlaubs kannte Hartstein Gottlob aber nicht. Wir hatten einen Flug nach Mallorca gebucht, ich hatte beide Tickets, wir wollten uns am Flughafen treffen. Am Vorabend war ich auf einem Faschingsball und verschlief prompt.

Aber wer glaubt, Manfred habe sich dadurch einen Urlaubstag klauen lassen, kennt ihn zu wenig. Er flog wie geplant, aber unter Umständen, die in unserer heutigen Zeit der Rundum-Sicherheit und totalen Kontrolle völlig undenkbar wären.

Er ging zur Flughafen-Polizei, zückte seinen Stadtrats-Ausweis, wurde zu dem bereits startbereiten Flugzeug gefahren, die Treppe wurde wieder herunter gelassen und ab ging es auch ohne Ticket.

Das waren schöne Zeiten. Da galt ein kommunaler Mandatsträger noch etwas. Ich flog am nächsten Tag nach.

Bevor Manfred dann 1989 als Kabinettschef des Kommissars Bangemann nach Brüssel ging, war er eine zentrale Figur beim Zustandekommen der „Gestaltungsmehrheit".

Seine Europa-Karriere könnte ich mir bei keinem anderen Politiker vorstellen. Sein Beharren auf den eigenen Überzeugungen, bis hin zur existentiellen Selbstbeschädigung, ist singulär. Sein Chef hatte natürlich vor allem auch die Visionen Helmut Kohls zu vertreten, vor allem die Einführung des Euros. Brunner aber hielt dies für eine Fehlentwicklung, machte daraus auch kein Hehl. Der Höhepunkt seines Widerstandes war eine Rede in Bonn bei einem Festakt in Anwesenheit mehrerer Regierungsmitglieder, in der er eine Volksabstimmung über die Einführung des Euro forderte. Danach mußte er konsequenterweise gehen, ohne dass sein Abgang durch Pensionsansprüche versüßt wurde. Kohl hatte seine Entlassung gefordert.

In den Stadtrat kehrte er wieder zurück als Gründer der Partei „Bund freier Bürger". Und er verließ seine eigene Partei wieder, als ihm die Mitglieder zu rechtslastig wurden. Von einer politischen Erfolgsgeschichte kann man dabei nicht gerade sprechen.

Aber wie ich gestern wieder erleben durfte: Der Manfred ist und bleibt eine menschliche Erfolgsgeschichte!

08.08.2017

90

P. S. Heute Abend, im der Pause von „Arabella", erreicht mich die traurige Nachricht, dass Manfred gestern Nacht an einem Herzinfarkt gestorben ist. Auch für mich ein unersetzlicher Verlust.

Was die alten Freunde und Gefährten betrifft: es wird immer leerer um einen. So ist das eben mit dem älter werden.

22.06.2018

Bauausschuss Städtetag

An den nächsten drei Tagen Bauausschuss des Deutschen Städtetages in Magdeburg. Diese Termine liebe ich besonders, einmal wegen der inhaltlichen Diskussionspunkte, aber auch wegen der Tagungsorte. Während der Hauptausschuss immer in großen Städten stattfindet, die man meistens schon kennt, tagen wir meistens in Kommunen, die kennen zu lernen ein Erlebnis ist, erinnert sei nur an Wismar und nun Magdeburg.

Nach dem Planungsausschuss freue ich mich auf die Bahnfahrt. Wir hatten die kürzeste Verbindung von sechs Stunden mit zwei mal Umsteigen ausgesucht - das war ein Fehler, jeder Zug hatte Verspätung, so dass kein Anschluß erreicht werden konnte und so schaukelten sich die Pannen letztlich zu einer Fahrtzeit von über acht Stunden hoch.

Die ständigen Lautsprecherdurchsagen bleiben unvergesslich: „Aus Grund von Störungen im Betriebsablauf haben wir jetzt einen außerplanmäßigen Halt."

Zum Trost wurde dann ein „Fahrgastrechte-Formular" verteilt, mit dem man eine Entschädigung beantragen könne. Ich werde wohl unsere Frau Hofmann im Direktorium der Stadt damit verschonen.

An der Verspätung ärgerte mich besonders, dass ich zu spät zu der Fernsehübertragung des Pokalspieles Leipzig - Bayern kam. Gegen Ende der ersten Halbzeit traf ich dann im Fernsehraum des Hotels fünf junge Zuschauer, zwei Frauen und drei Männer. Zu meiner Verwunderung redeten sie über Politik und ich erfuhr, dass sie Abgeordnete im Landtag von Sachsen-Anhalt seien - alle von der AfD. Höfliche Leute. Sie vermittelten den Eindruck, dass sie fest an ihre politische Bedeutung in der Zukunft glaubten und brachten mir gegenüber ihre Strategie auf den Nenner: Wir machen das, was Seehofer nur sagt.

Der Magdeburger Sitzungsort war wirklich einmalig. Wir tagten in der Johanniskirche, in der Luther 1524 die Magdeburger zum Protestanismus bekehrt hatte. Die Kirche war im Krieg schwer beschädigt worden, die DDR ließ die Ruine als Mahnung gegen den Krieg stehen, 1990 wurden die Restaurierung beschlossen, allerdings nicht zu religiösen Zwecken, sondern für Veranstaltungen. Da tagten wir nun erleuchtet. Wie auch immer:
Mal wieder in der Kirche gewesen.

25.10.2017

Deja Vu Erlebnisse

Weshalb soll ich mir viele Gedanken über das Wahlergebnis vom letzten Sonntag machen? Die Aufregung bei den sog. Volksparteien über ihre schlechten Ergebnisse ist natürlich vor allem der Tatsache geschuldet, dass sie zu sehr im Jetzt verhaftet sind und sie keine Erinnerung an zurückliegende Jahrzehnte haben. Ging die Welt für die Union unter, als die SPD erstmals stärkste Partei wurde: 1972: Willy wählen?
Und jetzt? 8 Prozent verloren, aber die Machtkonstellation ist komfortabler als in der zu Ende gehenden Legislaturperiode. Nur

die Union kann eine Regierung bilden, bis heute wäre Rot Rot Grün möglich gewesen.

Für mich persönlich hat die letzte Woche so manches Deja Vu Erlebnis gebracht.

Alle reden von Jamaika, als habe das heuer erstmals in Kiel gegeben und nun vielleicht im Bund. Verzeihung, das habe ich im Münchner Stadtrat schon 1988 zusammen gebastelt und die Aufregung darüber war riesengroß. Heute alles vergessen.

Und die zweite Meldung, die mich nachhaltig amüsierte:

Der Deutsche Bundestag bricht mit der Tradition, dass der an Jahren älteste Abgeordnete den neuen Bundestag eröffnet, und man einigte sich auf den Dienstältesten - also Schäuble an Stelle von Gauland. Das haben sie aber schamlos von München abgekupfert, wo es vor einem knappen Jahr hieß: Zöller statt Dr. Babor. (vgl. auch 14.12.2016)

30.09.2017

Das älteste Gewerbe

In der heutigen Vollversammlung feierte der Kämmerer das Jubiläum: „1318 - 2018: 700 Jahre Kammerrechnung in München".

In seiner wie üblich launigen Rede zur Einbringung des Haushalts 2018 berichtete Dr. Wolowicz, welche Einnahmen die Stadt im Mittelalter hatte, u.a. eine Steuer für zuziehende Neubürger - dürften wir das heute auch kassieren, könnten wir dem prognostizierten gewaltigen Zuzug mit geringeren Sorgen entgegensehen.

Eine mittelalterliche Einkommensquelle erwähnte der Kämmerer allerdings nicht: die aus dem kommunalen Freudenhaus. So sehr lange ist das nicht her. Als wir Mitte der Siebziger Jahre viele Monate über Prostitution in München diskutierten, machte Bürgermeister

Eckehart Müller-Heydenreich ernsthaft den Vorschlag, das Gewerbe der leichten Mädchen wieder zu kommunalisieren.

Behandelt wurde das Thema auf Grund eines Antrags von mir. Anläßlich der Olympischen Spiele 1972 hatte unser damaliger Polizeipräsident Manfred Schreiber durchgesetzt, dass im weiteren Umgriff des Hauptbahnhofes alle Bordelle geschlossen wurden. Die Jugend der Welt sollte bei ihrer Ankunft in der Olympiastadt nicht mit dem ältesten Gewerbe der Stadt konfrontiert werden.

Woran unser Sheriff allerdings nicht gedacht hatte, war die Finanzkraft und Flexibilität der Betreiber der Häuser. In Rekordzeit hatten sie im Innenstadtrandgebiet entweder leerstehende Häuser gefunden oder bewohnte mit hohem finanziellen Aufwand entmietet. Das allerdings führte in den betroffenen Wohngebieten zu starken Protesten. Die Belästigung durch diese zweifelhafte Nachbarschaft ist kaum zu ertragen.

Also stellte ich den Stadtratsantrag, die Bordelle in den Wohngebieten durch Erlass von Sperrgebieten zu verbieten und im Zentrum, wo es kaum Wohnungen gab, wieder zuzulassen. Im Ergebnis wurde ersteres beschlossen, letzteres nicht.
Selbst hatte ich bei dem ganzen Verfahren ein Erlebnis, das ich teils peinlich, teils lustig fand.
Der damalige Polizeiausschuss des Stadtrates beschloß, eine nächtliche Informationsrundfahrt zur Beurteilung der Situation durchzuführen.

Eine Woche zuvor hatte mich ein Redakteur von BILD angerufen und gefragt, ob ich bereit sei, zusammen mit ihm ein neu eröffnetes Haus in der Herzogstraße 3 zu besichtigen, da dies meinen Antrag ja völlig widersprach. Ich stimmte zu und wir ließen uns am Vormittag vom Geschäftsführer, Hern Leitermann, die

Schallschutzmaßnahmen und einige Zimmer zeigen. Einen Artikel über unseren Besuch schrieb der Journalist allerdings nicht. Leider. Denn andernfalls wäre mir einiges erspart geblieben.

Denn als der Stadtrat kurz darauf seine Rundfahrt machte, kamen wir auch in die Herzogstraße 3. Leitermann empfing uns im Foyer mit einer kleinen Ansprache: Er sei erfreut, dass sich der Stadtrat darüber informieren wolle, welche nachbarschützenden Investitionen man realisiert habe. Und er schloß: „Jetzt darf ich Ihnen einige Zimmer zeigen. Sie, Herr Stadtrat Zöller, kennen sie ja schon."

Riesiges Gelächter. Bis heute kann ich diese Geschichte noch hören. Von Menschen mit schmutziger Phantasie lustvoll ausgeschmückt, etwa: Die Mädchen hätten mich begrüßt: „Hallo Walter, wieder da?"

P.S. Ich will mir gar nicht ausmalen, wie sich die ganze Geschichte heute, im Internetzeitalter, entwickelt hätte. Was hätte sich wohl in den sogenannten „sozialen Medien" alles abgespielt?
Übrigens: Nie wurde der schöne Begriff „Sozial" schamloser mißbraucht als in diesem Verleumdungs- und Lügenorgan.

23.11.2017

Preisgericht „Freiham Nord"

Zwei Tage Preisgericht „Freiham Nord". 23 Arbeiten sind zu beurteilen mit recht unterschiedlichen Planungsansätzen. Das neue Stadtviertel wird sehr aufwändig geplant, diesmal werden 7 Arbeiten ausgewählt, die weiter vertieft werden sollen. Und am nächsten Freitag wird eine sog. Bürgerbeteiligung veranstaltet, was ziemlich absurd ist. Denn die Bürger , die von den Planungsergebnissen einmal betroffen sein werden, kennt noch niemand, also können sie

95

sich auch nicht artikulieren. Erscheinen werden, wie es ein SPD Kollege mir gegenüber formulierte, die üblichen Stänkerer und Besserwisser und Bewohner der angrenzenden Stadtteile, hier also v.a. aus Aubing, die erfahrungsgemäß primär nur eines interessiert: Kommt mehr Verkehr auf uns zu?

Und wenn wir ehrlich sind, müssen wir zugeben:

Logisch, wenn neben euch ca. 7000 bis 8000 neue Wohnungen entstehen.

Auch nach vier Jahrzehnten Preisgerichtserfahrung amüsiere ich mich doch immer wieder darüber, wie beredt Architekten ihre Entwürfe anpreisen:

„Ein Mosaik von polygonalen und verdrehten Baufeldern, sowie keilförmigen Aufweitungen lässt einen fließenden Raum mit unterschiedlichen räumlichen Sequenzen entstehen."

Oder:

„Überlagert werden komplexe urbane Raumsequenzen von dazwischen liegenden Waldstücken."

Und besonders poetisch:

„Hier finden sich soziale Raumangebote, die wie Funktionsperlen aufgefädelt sind"

09./10.11.2017

EIN MANN SIEHT GRÜN

Nina Grunenberg ist im Alter von 81 Jahren gestorben. Das meldet heute die SZ. Mich hat das stark berührt.

Willy Winkler schreibt in seiner kurzen Würdigung: „Ihre eigentliche Stärke war das Beschreiben großer Männer".

Nun, das hört sich doch gut an, auch wenn er dabei weniger an mich gedacht hat. Aber immerhin: Das erste ausführliche Porträt über mich schrieb Nina Grunenberg vor nunmehr dreißig Jahren im

„Fachblatt der deutschen Akademiker", also der „Zeit", immerhin eine halbe Seite. Und was damals noch möglich war und heute durch die personelle Ausdünnung der Redaktionen kaum denkbar ist: Sie nahm sich für mich einen ganzen Tag Zeit, kam dafür eigens nach München.

Aufgemacht war der Artikel :
„Münchens heimlicher Oberbürgermeister:
EIN MANN SIEHT GRÜN.
Der CSU-Mann Walter Zöller hat keine Berührungsängste vor den alternativen „Körndlfressern.".

Einige Zitate:
„Mit seinem „grünen Opportunismus" hatte er ein Tabu gebrochen, das in Bayern als unumstößlich galt. So eingefleischt sind die Berührungsängste der CSU gegenüber den ‚Körndlfressern', dass Landtagsabgeordnete der Grünen per Kabinettsbeschluss sogar von der Teilnahme an staatlichen Empfängen und Büfetts ausgeschlossen wurden. Solche Ausgrenzungsversuche hält Walter Zöller für einen Schmarren."

„Soweit es seine autoritäre Natur zulässt, ist er ein Liberaler - eine Politikerspezies, die den Konservativen in den Großstädten gute Diensten leisten könnte, von denen die CSU aber nicht viele hat. Für Distanz sorgen indes vor allem sein ungewöhnliches Bedürfnis nach persönlicher Unabhängigkeit und seine Fähigkeit, das politische Spiel nicht nur mitzumachen, sondern auch zu durchschauen und bei Bedarf lustig zu finden."

„Schon vor der Referentenwahl hatte Zöller versucht, den Parteichef zu informieren. Fast hätte ihm da noch Erich Kiesl einen Strich durch die Rechnung gemacht - der ehemalige CSU-Oberbürgermeister von München …

**Karikaturen von Dieter Hanitzsch,
veröffentlicht in der SZ**

Seinerzeit hatte er die Münchner noch vor dem „Rot-Grünen" Chaos gewarnt - ohne Erfolg. Nun war er ein Gegner von Zöllers schwarz-grünem Bündnis - auch ohne Erfolg. Beide trugen in der Staatskanzlei vor - pro und kontra.

Hatten Zöllers Argumente gestochen? Jedenfalls scheinen sie Eindruck gemacht zu haben. „Jeder von uns", so Zöller, „kennt CSU Wähler, deren Frauen oder deren Kinder grün wählen. Ist Papi nun der Demokrat und Mutti und die Kinder sind die Staatsfeinde? Da lacht doch jeder. Und wer nicht lacht, der bedankt sich auch nicht dafür, dass die Partei den Streit mitten in die Familie getragen hat …".

Das musste auch Franz Josef Strauß einsehen. „Bei der Wahl zwischen Lungenentzündung und Herzinfarkt entscheide ich mich für die Lungenentzündung", kommentierte er die Wahl des Grünen Georg Welsch. Den Herzinfarkt hätte ihm demnach der SPD-Kandidat verursacht.

„Zöllers Machtinstinkt ist immer wach, aber für die kleinen Dienste steht er nicht zur Verfügung. In der Umgebung von Strauß ist sein Name nie aufgetaucht. Für die Runde der intelligenten Lakaien, die sich dort aufhält, pflegt er seine Unabhängigkeit zu deutlich. In seinen jüngeren Jahren galt er als frech. Noch immer macht in München die Geschichte die Runde, wonach Franz Josef Strauß ihm an einem Bierabend angeboten haben soll, ihn mit einem Kinnhaken aus der Partei zu befördern.

Das alles ärgert viele. Aber auf einen Mann, der mit kühlem Advokaten Verstand, gesunden Nerven und einer entschlossenen Handlung das Klima in einem großen Rathaus über Nacht verändert – auf den lässt sich nicht verzichten. Von dem wird noch mehr erwartet."

Soweit Nina Grunenberg.

Wie wir heute nach drei Jahrzehnten wissen, hat sich alles viel holpriger entwickelt.

Aber auch heute nochmals vielen Dank für die freundliche Prophezeiung.

02.01. 2018

ARGENTA feiert 50 Jahre

Hatten wir vor der Neuwahl 1984 wirklich geglaubt, wieder mit einer absoluten Mehrheit gesegnet zu werden - mit einem Ergebnis für die CSU in München, das einmalig nach dem Krieg war? Wohl kaum. Aber auf die Wiederwahl unseres Oberbürgermeisters hatten wir doch gehofft. Erst viel später wurde einigen von uns klar, in welchem Ausmaß die SPD-Wähler vor sechs Jahren die Wahl verweigert hatten, wie beliebt Kronawitter bei ihnen war und mit welcher Begeisterung sie sein Comeback feierten.

Angesichts dieser Ausgangslage war unser Ergebnis von 35 Sitzen - gleich stark mit der SPD - durchaus akzeptabel. Neu war der erstmaligen Einzug der Grünen ins Rathaus mit sechs Mandaten. Mit der Stimme des OB hat das sofort für eine rot-grüne Mehrheit gereicht, die auch bei vielen Sachfragen zu Stande kam. Man darf nicht vergessen, dass viele der Grünen abtrünnige Sozialdemokraten waren, die ihre Partei wegen der sog. „Großen Politik" verlassen hatten, mit den Genossen auf kommunaler Ebene aber gut zu Recht kamen.

Nur eine Zustimmung kam für die Grünen nicht in Frage: Die zum Haushalt der Stadt. In dem war die Beteiligung an dem Atomkraftwerk Ohu II enthalten und einem „Atomhaushalt" wollten sie auf keinen Fall zustimmen - jedenfalls 1984 noch nicht.

So blieb der SPD keine Wahl: sie mußte sich um unsere Stimmen bemühen. Kronawitter im Rausch seines Erfolges verhandelte selbst, ich wurde beauftragt, unsere Position zu vertreten.

Es war nicht einfach, Kronawitter klar zu machen, dass er mit uns „auf Augenhöhe" zu sprechen hatte - er sah sich als Sieger, uns gedemütigt als Verlierer. Aber nach dem Wahlergebnis waren wir gleich auf und ohne uns konnte er keinen Haushalt für 1985 unter Dach und Fach bringen.

Mein Hauptanliegen war, in zentralen Fragen Kontinuität zu sichern. Das wichtigste Projekt in unserer Regierungszeit war der Wohnungsbau. Das Wohnraumbeschaffungs-programm mit seinen wesentlichen Bestandteilen Familienförderungs- und Einfamilienhausprogramm wollten wir auf jeden Fall fortführen.

Aber da gab es bei Kronawitter einen schwer zu überwindenden Widerstand. Schließlich hatte er seinen Wahlkampf hauptsächlich mit dem Thema geführt: Die Stadt dürfe nicht weiter „zubetoniert" werden. Sein überall plakatierter Slogan: „Mir sind 400000 Mieter wichtiger als eine Handvoll Bauträger und Spekulanten."

In dieser Situation könnte ich nicht viel erreichen. Unsere erfolgreichen Wohnungsprogramme wurden denn auch bald von rot-grün abgeschafft. Nur eine Forderung konnte ich durchsetzen: Die Bebauungspläne, die wir noch auf den Weg gebracht hatten, sollten zur Satzung beschlossen werden. Was Kronawitter nicht präsent war: Es ging nur um ein einziges, allerdings großes Projekt im Münchner Osten, das später unter der Bezeichnung „Prinz Eugen" bebaut wurde.

Aber gerade dieses Gelände war problematisch. Denn eine der ersten Stadtrundfahrten, die der OB mit Pressebegleitung nach seiner Wiederwahl unternahm, ging in den Münchner Osten, wo der „Grüne Schorsch" verkündete, alles ab dem damaligen Krankenhaus Bogenhausen in Richtung Norden müsse grün bleiben. Das machte es mir nicht leichter, unsere Forderung durchzusetzen. Aber es gelang - auch auf Grund eines glücklichen Umstandes: Die Grundstücke gehörten nicht Kronawitters Intimfeind, der

Bayerischen Hausbau, gegen die er unter dem Motto „Baulandgeschenk" seinen Wahlkampf geführt hatte.

Es ist ja oft kurios, wie das Leben so spielt: Beim Bieterwettbewerb um die betreffenden Grundstücke hatte die Bayerische Hausbau gegen die Argenta den kürzeren gezogen - zum Glück. Hätte sie gewonnen, hätte es auf viele Jahre kein Baurecht gegeben.

Als aber dann das Baurecht gesichert war, drehte sich das Karussell weiter. Wer kaufte schließlich die Immobilie von der Argenta? Erraten. Die Bayerische Hausbau.
Die Argenta kam allerdings doch noch in das Fadenkreuz Kronawitters.

Dr. Helmut Röschinger hatte die Vision und den Mut, im Norden Schwabings ein Tanklager von der Firma Raab Karcher zu erwerben. Diese Industrieanlage, völlig versiegelt, war ein städtebaulicher Schandfleck ausgerechnet am Ende der Nürnberger Autobahn, also am Stadteingang. Ein Kauf ohne gesichertes Baurecht für eine neue Wohnungs- und Bürostadt, wie sie Dr. Röschinger vorschwebte, war angesichts eines Oberbürgermeisters, dem jede Veränderung ein Gräuel war, ein nicht kalkulierbares Risiko. Ich warnte dringend.

Nicht ohne Grund. Denn für Kronawitter war der Gedanke unerträglich, für einen privaten Investor Baurecht zu schaffen, der dabei noch etwas verdienen könnte. Und so vergingen die Jahre, bis Christian Ude kam und die städtebauliche Chance einer Umstrukturierung des Geländes ebenfalls erkannte.

Heute begrüßen den Besucher Münchens an der nördlichen Einfahrt signifikante Gebäude - man hat erstmals den Eindruck, eine Großstadt zu erreichen.

Letztlich also eine Erfolgsgeschichte. Aber es hätte auch anders kommen können, Denn nicht viele Investoren hätten den langen Atem gehabt, die Blockadepolitik Kronawitters zu überstehen.

09.01 2018

Drei Rücktritte - aber kein Skandal

Wir drei hatten uns abgesprochen: Wir wollten ein Zeichen für die Verjüngung der Führungsspitze der Fraktion setzen. Und so traten Ilse Nagel, Helmut Pfundstein und ich gleichzeitig von unseren Ämtern als stellvertretende Vorsitzende zurück. Ein einmaliger Vorgang.

Als „Abschiedsgeschenk" der Fraktion bekamen Pfundstein und ich die Edinburgh-Reise des Stadtrates zum 50 jährigen Partnerschaftsjubiläum.

Ich hatte eigentlich wenig Lust auf diesen Ausflug, vor allem als ich die langfristige Wettervorhersage mit Sturmtief über Schottland sah und die vielen schönen Termine dieser Woche in München absagen mußte.

Aber dann nahm ich doch teil und - abgesehen vom ersten Nachmittag mit schönem Sonnenschein - bestätigten sich die beiden schlimmsten Erwartungen: schlechtes Wetter mit schlechtem Essen.

Von der eindrucksvollen Gegend um Edinburgh - die ich von einem früheren Besuch kannte - sahen wir gar nichts und die Stadt selbst ist bei Dauerregen nur grau in grau. Sie ist ohnehin geprägt durch dunkle Gebäude, die Fassaden werden offenbar nie gereinigt. Das Hotelzimmer war kalt, geheizt wird zu dieser Jahreszeit nicht, da kann die Temperatur sein wie sie will - und selbst der Feueralarm im Hotel, von dem ich etwas Hitze erwartete, erwies sich als Irrtum. Ich blieb im Bett liegen, während alle anderen flüchteten.

Raucher sind hier nicht besonders gelitten, selbst in den meisten Kaffes findet man diese abstoßenden Verbotsschilder. Da wir uns meistens im ehrwürdigen Rathaus aufhielten, mußte die Sucht im Vorhof befriedigt werden.

Erfreulich aber die gestandene humorvolle Oberbürgermeisterin - Lord Provost Leslie Hinds - eine Labour Dame mit Schalk in den Augen.

Donnerstag Nachmittag nahmen wir an einer Stadtratssitzung teil, die sich doch deutlich von unseren Gebräuchen unterschied. Die Stadträte warten stehend auf Lord Provost. Sie erscheint. Vorweg zwei Gestalten in phantasievollen Uniformen. Sie tragen ein Schwert und ein Zepter und verkünden „The Lord Provost".

Zu Beginn der Sitzung spricht ein Prediger, bei jeder Session von einer anderen Religion, bei uns gar ein Agnostiker.

Beim ersten TOP geht es um die Situierung einer Schule im Grünzug. Die Bürger haben Gelegenheit ausführlich ihren Widerstand vorzutragen, auf unserer Zuschauertribüne werden Plakate gezeigt, es gibt unbeanstandet Beifall.

Für die Stadträte gibt es eine exklusive Toilette. Auch hier ist alles würdig alt und unpraktisch, nur am Ausgang zeugt ein Stück von der modernen Zeit: ein Kondomautomat, gut bestückt mit sechs verschiedenen Angeboten.

12.07.2018

Ist es Zeit, aufzuhören mit der Politik, nach etwa 60 Jahren?

Vielleicht dann, wenn man sich für die irrelevanten Hahnenkämpfe von Politikern, die ihre Zukunft längst hinter sich haben, aber mit letzen Zuckungen röcheln: „Ich bin noch da", nicht im geringsten mehr interessiert?

Oder wenn man seinen Terminkalender der nächsten Woche durchschaut und sich über jeden Abend freut, der politikfrei ist?

Zu bedenken ist auch die Zurückhaltung bei der Abgabe von pressewirksamen Stellungnahmen zu blödsinnigem Verhalten der eigenen Partei, das einen früher umgetrieben und nicht hätten schweigen lassen.
Heute dazu nur resigniertes Kopfschütteln.

Vielleicht hat es auch damit zu tun, dass ich seit langem einen Widerwillen verspüre, wenn ich im Fernsehen die Politiker in Pension erdulden muss, die alles besser wissen als die aktuellen Akteure und sich aus Eitelkeit von sogenannten kritischen Journalisten als „Kronzeugen" mißbrauchen lassen.

Diese beliebte Eitelkeitsnummer erlebe ich übrigens seit Jahren, wenn mir eine kritische Äußerung in den Mund gelegt werden soll. „Sie als dienstältester Stadtrat, ja als Legende, können mit ihrer Erfahrung zu diesem Fall doch nicht schweigen. Denken Sie nicht auch ..."
Nein, sage ich dann, ich denke nicht auch, sondern ich denke selbst und habe eine ziemlich differenzierte Meinung dazu, die darzulegen aber sinnlos ist, weil Sie, lieber Journalist mir erfahrungsgemäß sagen werden, so eine komplizierte Antwort sei beim Leser nicht „rüber zu bringen".

Jetzt bin ich ganz schön abgeschweift. Ist es also Zeit aufzuhören? Ich weiß es noch nicht.
Aber habe noch genug Zeit, weiter darüber nach-zudenken. Apropos Zeit? Hat man sie?

Vor wenigen Tagen ist mein treuer Freund und von 1990 bis 2008 Stadtratskollege Hans Wolfswinkler mit 72 Jahren völlig unerwartet gestorben, wohl in seinem Sessel eingeschlafen, wie mir seine Freundin Manuela sagte. Er war bei unseren Fraktions-Weihnachtsessen der unübertroffene Nikolaus und ein juristisch sachkundiger Stadtrat, der nicht viel sagte, aber das Richtige immer zur rechten Zeit. Morgen werden wir ihn beerdigen.

19.07.2018

Barbara Scheuble-Schäfer

Wenn du nach 36 Jahren Arbeit im Stadtrat mit 76 Jahren stirbst, wenn du fast dein halbes Leben lang ehrenamtlich für die Bürger deiner Stadt gearbeitet hast, wie wirst du dann in der Münchner Presse gewürdigt? In zwei von fünf Zeitungen mit einer kurzen Meldung, abgeschrieben von der Rathausumschau.

Barbara Scheuble-Schäfer ist tot. Sie, die selbst ihr Leben lang Journalistin war, war ihren ehemaligen Kollegen keine persönliche Zeile wert. Dabei ist ihre politische Bedeutung nicht hoch genug einzuschätzen.

Sie hat maßgeblich zur Abwahl Erich Kiesls beigetragen.

Als sie 1978 in den Stadtrat gewählt wurde, kannten wir sie schon von der Pressebank her, als Kommunal-Berichterstatterin der tz. Sie wurde nach ihrer Wahl Pressereferentin der SPD Fraktion und verfolgte uns schonungslos erfinderisch.

Sie kreierte zwei Begriffe, die über sechs Jahre das Bild Kiesls mit prägten: „Kronleuchter" und „Hofdame".

Und das kam so:

Das Amtszimmer des OB war seit der Zeit des Nazi-Oberbürgermeisters nicht mehr neu eingerichtet worden. Das wollte der Baureferent Uli Zech unbedingt ändern. Er, der nominelle SPDler („Zöller, irgendwo muß man Schutzgeld zahlen") ließ, wovon Kiesl gar nichts wusste, eine

111

große Lampe anfertigen, den Barbara unter ihren Kollegen als Kiesls Großmannssucht unter dem Begriff Kronleuchter verkaufte. Dazu kam ihr nächster Einfall. Im Direktorium wurde eine Planstelle für eine Sekretärin geschaffen, die Kiesls Ehefrau Edigna bei der Beantwortung der Post helfen sollte. Schon war der Begriff Hofdame geprägt.

Man sollte meinen, derartige Episoden seien nach kurzer Zeit vergessen. Weit gefehlt. Sechs Jahre später konnten wir im Wahlkampf noch so viele Erfolge aufzählen, niemand interessierte das. Nur für den Kronleuchter und die Hofdame mussten wir uns permanent rechtfertigen, während der bescheiden dreinblickende Georg Kronawitter am Marienplatz Moosröschen verteilte.

Barbara hatte ein für die SPD erfolgreiches Wahlkampfthema geschaffen. Wahrscheinlich weiß das selbst in ihrer Partei kaum noch jemand.
Übrigens: Den Kronleuchter wollte Kiesl verständlicherweise nie in seinem Amtszimmer haben. Er kann seit langem in den Fraktionsräumen der „Grünen" besichtigt werden.

14.02.2019

Über die Kürze des Lebens

Seit Jahren trage ich die kleine Reklamausgabe von Senecas „De brevitate vitae" mit mir herum. Das rote Büchlein ist schon ganz zerschlissen.

Am Tag nach meinem 78. Geburtstag habe ich das Bedürfnis, wieder darin zu lesen, nicht wegen des fortschreitenden Alters, nicht aus Panik angesichts des sich nähernden Endes, sondern nur wegen des Bedürfnisses, den Stoiker wieder zu lesen, der mich vor vielen Jahrzehnten tief beeindruckt hat und wohl auch, um zu überprüfen, ob ich seine Erkenntnisse in etwa gelebt habe.

„Wir haben keine knappe Zeitspanne, wohl aber viel davon vergeudet. Unser Leben ist lang genug und zur Vollendung der größten Taten reichlich bemessen."

Nun, für die Lebensentscheidung, die ich bewußt getroffen hatte, habe ich in unserer Stadt, für die ich wirken wollte, viel erreicht. Die meisten Politiker streben ja nach klangvollen Positionen, mich hat nicht einmal ein Ministeramt, das mir angeboten war, gereizt.

„Ihr beachtet nicht, wieviel Zeit schon vergangen ist. Wie aus Fülle und Überfluss verschwendet ihr sie, während doch inzwischen vielleicht gerade der Tag der letzte ist, den man einem Menschen oder einer Sache widmen kann. Alles fürchtet ihr wie Sterbliche, alles wünscht ihr euch wie Unsterbliche".

Das ist so wahr, dass man es sich täglich bewußt machen sollte - als profanes Morgengebet.

Man kann nicht aufhören zu lesen und zu zitieren, man kann es nur jedem empfehlen. Aber zum Schluß ein Satz, den ich nie vergessen hatte, der mich seit der ersten Lektüre verfolgt hat, dessen brutale Wahrheit mich aber nie deprimiert hat, sondern motiviert hat, bewusst zu leben: „total vita discendum est mori." (Man muß das ganze Leben lang lernen zu sterben.)

01.03 2018

Werner Schneyder

Soeben meldet das ZDF, dass mein Freund Werner Schneyder 82jährig gestorben ist. Das letzte ist „Tod", wenn man an dieses imposante Mannsbild denkt.

Als wir uns vor vielen Jahren kennen lernten - ich glaube, es war bei Gerhard Polt beim Schafkopfen - fanden wir auf Anhieb einen herzlichen Kontakt zueinander. In der Folge trafen wir uns leider selten, beide waren wir mit Terminen überlastet.

Ein Treffen werde ich allerdings nie vergessen:
Werner trat in der „Lach- und Schieß" auf und hatte mich dazu eingeladen. Der Raum wie immer überfüllt, ich fand gerade noch einen Platz an einem Vierer-Tisch , an dem schon drei Damen saßen. Sie unterhielten sich angeregt, allerdings thematisch ziemlich einseitig: Linke Bekenntnisse, böse Worte über die „Schwarzen" und schwärmerische Worte für ihr Idol Werner Schneyder.

Irgendwann ritt mich der Teufel und ich bat um Zurückhaltung, schließlich sei ich CSU-Stadtrat und hielte die Gespräche kaum mehr aus.

Ungläubiges Schweigen, einen wie mich hatten die Damen an ihrem Tisch beim Hochfest linker Übereinstimmung als letztes erwartet.

Aber es kam noch schlimmer. In der Pause kam Werner an unseren Tisch, ein Leuchten ging über die Minen meiner Nachbarinnen, das aber schlagartig erlosch, als Werner ausgerechnet mich ansprach: „Walter, schön dass du gekommen bist, nach der Vorstellung trinken wir noch einen zusammen."

Schlimm, wenn das Idol beschädigt wird. Der Abend hätte für die Damen sicher erfreulicher verlaufen können. Ein wenig taten sie mir leid.
Und so amüsant will ich Werner in Erinnerungen behalten.
03.03.2019

Das Liebesversprechen

Seit langem wird man in S-Bahnstationen plakativ mit Glücksbotschaften konfrontiert:

„Alle 11 Minuten verliebt sich ein Single über Paarship"

Diese absurde und nicht nachprüfbare Behauptung wird garniert mit Fotos von hübschen Mädchen, gut aussehenden jungen Männern, Traumtypen, die für die Single-Zielgruppe größtenteils unerreichbar sind.

Also eine besonders dreiste Werbung.
Aber betrachten wir die Sache einmal aus einem anderen Sichtwinkel. Nehmen wir an, die Liebesversprechen funktionieren. Dann fragt sich nur „wie"?
Versprochen wird ja nicht das gegenseitige Glück, ob sich also zwei Single INEINANDER verlieben. Behauptet wird lediglich, dass sich ein Single verliebt. Und damit entlarvt sich die kostenpflichtige Glücksankündigung in fast allen Fällen als das Gegenteil des Erhofften: Unglückliches Verliebtsein mit all den bedrückenden Folgen und Auswirkungen, die man vielleicht bei sich selbst oder bei Freundinnen und Freunden auch schon miterlebt hat. Und abgesehen von dem 11 Minuten Unsinn hat die Vermittlungs-Agentur ja nur versprochen, dass sich einer in eine dieser Schönheitsmodelle verliebt. Was sicher bei vielen schlichten Gemütern auch der Fall ist.
Von Erwiderung der Liebe war in der Werbung nie die Rede. Ein teuer bezahlter Kummer.

24.04.2019

Wer zu früh kommt, den bestraft die Partei.

In diesen Tagen, in denen ich immer häufiger auf die längste Periode meines Lebens zurückblicke, wird mir zunehmend klarer, dass ich zwar viel für meine Partei erreicht hatte, die CSU-Oberen mich aber immer schäbiger behandelt hatten.
Zwei Beispiele für heute, andere mögen folgen:

Im Frühjahr 1988 beschoß ich, die unwürdigen Verhandlungen mit Kronawitter über die Neuwahl der Referenten abzubrechen. Dem OB ging es ersichtlich nicht um eine akzeptable Lösung, mit der beide großen Fraktionen leben konnten, sondern nur darum, mich vorzuführen, nach einem Jahr Gestaltungsmehrheit wieder einmal eigene Abstimmungserfolge zu erzielen. Denn der gerissene Taktierer wusste so gut wie ich: Mit einer 41 zu 40 Mehrheit kann man nicht in zehn geheime Wahlen gehen, da ist das Scheitern vorprogrammiert.

Kronawitter glaubte also, wir säßen in der Falle, nur mit ihm sei eine Absprache denkbar, und er könne die Bedingungen diktieren.

Die Grünen als Partner der Union? Das gab es damals in der ganzen Bundesrepublik noch nicht.

Aber in München gab es das, die Grünen hielten sich treu an die Vereinbarungen - wie auch schon ein Jahr vorher mit der SPD - und wir konnten schließlich sechs CSU-Referenten zählen, sechs Jahre vorher mit unserer absoluten Mehrheit hatten wir deren fünf.

Meine Partei jubelte, ich wurde gefeiert bis zu meinem 50. Geburtstag am 28.2.90 und ohne Begründung, aber auf Befehl des Münchner Bosses, wurde ich als Fraktionschef abgewählt.

Meinem Nachfolger ging es aber viel schlechter.

Er mußte ins Gefängnis.

Vor der Referentenwahl mußte ich in vielen Interviews erklären, wie ich auf die absurde Idee gekommen sei, mit den Grünen, diesen politischen Schmuddelkindern, zu paktieren. Für mich, begründete ich, sei das eine normale Partei, nicht gerade nach unserem Geschmack, aber vom Wähler legitimiert. Allgemeines Kopfschütteln.

Heute sind viele Unionisten, je nach Wahlergebnis, froh, wenn die Grünen mit ihnen koalieren.

Ich war einfach zu früh dran.

Wie einige Jahre später.

Unser OB-Kandidat für die Wahl 2002 war, nachdem Hans Peter Uhl die Nominierung zurückgegeben hatte, Aribert Wolf. Er war Bundestagsabgeordneter und glaubte, den Wahlkampf von Berlin aus führen zu können. In der Stadtratsfraktion ließ er sich kaum blicken, seine politischen Erklärungen kamen von dort oben, unabgestimmt mit uns.

Der Frust in der Fraktion wuchs ständig. Zum Ausbruch kam er auf einer Fraktionsreise nach Rom. Wir saßen abends zusammen beim Bier - Wein gab es in dem preisgünstigen Frühstückshotel nicht - auch wenn die Zeitungen bis heute von der „Chianti-Affaire" schreiben.

Als immer intensiver Konsequenzen gefordert wurden, machte der kluge Hans Podiuk die ernüchternde Bemerkung, wir hätten ja keine Alternative. Niemand wolle den Job gegen Ude. Doch, warf ich ein, ich würde es machen. Ungläubiges Staunen.

Am nächsten Tag fuhren wir mit dem Bus nach Santa Maria Maggiore. Podiuk bat mich, nicht bei der Gruppe zu bleiben, sondern unter vier Augen zu reden. Ich ging mit ihm in meine nahe gelegene kleine Lieblingskirche Sant Prasede. Er wollte wissen, ob ich gestern Abend Spaß gemacht hätte, oder es eine echte Bereitschaft zu der Kandidatur gäbe. Ich bejahte. Dann, meinte der Fraktionsboss, müsse man das vorsichtig angehen.

Aber daraus wurde nichts. Ein Wolf-Fan hatte meine Worte von gestern Abend zu recht ernst genommen und sofort München alarmiert. In der Partei konnte man sich einen zweiten Kandidaten-Wechsel in so kurzer Zeit nicht vorstellen und so wurden in der Bezirks-Vorstandssitzung einmütig heilige Wolf-Eide geschworen und ich abgekanzelt. Parteischädigendes Verhalten war noch das harmloseste.

Auch hier war ich wieder zu früh dran.

Denn der Kandidat Wolf schaffte sich durch diverse Aktionen in kurzer Zeit selbst ab und auf Anordnung von Edmund Stoiber mußte sich Hans Podiuk in die Pflicht nehmen lassen.

27.4.2019

60 Jahre leben mit CSU - keine einfache Beziehung

Ich denke weiter über mein Leben mit dieser eigenartigen Partei nach und so vieles wirbelt da durcheinander: Erfolgsmomente, Frust, ungläubiges Staunen über menschliche Niedertracht, Freude über echte Freundschaften - ach, was solls. Das sind doch wohl Erfahrungen, die jeder in einer Gemeinschaft macht, in der man sich selbst der Nächste ist, und die oder der Andere in erster Linie ein Konkurrent.

Wenn man da einigermaßen unbeschadet zu Recht kommen will, muss man „Netzwerk"-fähig sein. Und das war ich dummerweise nie. Ich habe es versäumt, mich wohlig in eine Gemeinschaft gleichgesinnter Karrieristen einbetten zu lassen - dafür war ich wohl nicht geschaffen.

Das hatte wohl schon der weise Abt Siegesmund Mitterer im Kloster Schäftlarn erkannt, der 1953 nach Abschluss der zweiten Klasse Gymnasium meinem Vater empfahl, mich vom Internat zu nehmen: „Der Schüler eignet sich nicht zu einer Erziehung in einer Gemeinschaft".

Dieses weitgehend zutreffende Urteil war sicher nicht die Erfolg versprechendste Voraussetzung für eine politische Laufbahn. Aber mir fehlt bis heute die Begabung für personelle Absprachen, für das, was man so liebevoll „Mauscheln" nennt. So wurde ich zwar oft für meine Arbeit geachtet und häufig gebraucht, aber für den Sprung nach ganz oben fehlte mir die Mannschaft. Aber nicht immer.

Mein jüngst zu früh verstorbener Freund Manfred Brunner brachte meine Situation vor Jahren auf das treffende Apercu: „Zöller wird in der CSU erst gebraucht, wenn es der Partei schlecht geht."

1986 war es so weit. Mit einer Stimme Mehrheit wurde ich Fraktionsvorsitzender.

Zu dieser problematischen Beziehungskiste Zöller/CSU fand ich bei der Durchsicht alter Tagebucheintragungen eine Niederschrift aus dem Jahr 1990, deren Darstellung ich bis heute zutreffend finde. Natürlich war sie noch stark beeinflusst durch meine Abwahl als Fraktionsvorsitzender im gleichen Jahr, aber diese Tatsache macht sie trotz der damaligen Bitterkeit nicht unzutreffender.

In den dreißig Jahren meines politischen Engagements für die CSU war ich eigentlich immer ein Einzelgänger geblieben - den Stallgeruch hatten die Funktionäre selbst in der Zeit an mir vermisst, in der ich in der Münchner Kommunalpolitik an der Spitze meiner Fraktion stand. Vor der Kommunalwahl war mit das nicht klar, aber so war es:

Solange ich Erfolg hatte, jubelten sie mir zu, in der Fraktion, in der Partei: Da waren sie bereit, das Unangepasste hinzunehmen, aber wirklich akzeptieren wollten sie es nie. Doch als man für das Scheitern bei der Wahl einen Verantwortlichen suchte, fehlte mir das Netz der Gruppensolidarität, den Solisten konnten sie ungerührt abstürzen lassen.

Im Grunde waren sie auch froh, mich los zu sein. Über Jahre hatte ich sie gefordert, viele überfordert. Ihre wahren Bedürfnisse hatte ich ignoriert: Sie wollten ihre Amtsketten mit Würde tragen, die kleinen Annehmlichkeiten des Mandates genießen. Ich zwang sie über Jahre in den tagtäglichen politischen Kampf, in eine nervenaufreibende Auseinandersetzung. Disziplin war gefordert, ständige Präsenz bei nur einer Stimme Mehrheit. Gewiss, da gab es dann auch immer wieder das Hochgefühl gewonnener Abstimmungen, glanzvoll bestandener Rededuelle - aber nach der Wahl gab es nur noch das ohnmächtige Gefühl der Vergeblichkeit aller Mühen und der Wunsch nach mehr Ruhe, das Bedürfnis, die Konfrontation zu beenden, die Sehnsucht nach Normalität. Das konnte ich ihnen nicht bieten, da wollten sie den listigen Biedermann, der einer der ihren war, ja im wahrsten Sinne ihr erster Diener.

Im Münchner Stadtanzeiger vom 3. Mai 1990 kam dies alles treffend zum Ausdruck:
In einem Artikel über Dietmar Keese:
„Wo Zöller mit eiserner Faust regierte, pflegte Keese einen kollegialen Führungsstil …".
Und mein Nachfolger über seine Wahl:
„Ich genieße halt das Vertrauen de CSU-Stadtratsfraktion, ich war vier Jahre lang als Pressesprecher ein Arbeiter für alle Fraktionsmitglieder …".

Mein großer Irrtum: Ich vertraute darauf, sie konnten nicht auf mich verzichten. Zwar waren sie sich bewusst, dass ich ihr Paradepferd war, aber sie wollten nicht immer atemlos hinter mir her galoppieren - im geruhsamen Trab kamen sie alle besser zur Geltung. Führung hatten sie ohnehin mehr erduldet als gewollt.

Nach mir, bei einem unsicheren Vorsitzenden, konnte jeder sich wiederfinden. Da würde keine klare politische Linie vorgegeben - außer sie kam aus der zweiten Ebene des Innenministeriums - da wurde hineingehorcht in den Wirrwarr von Meinungen und irgendwann bildete sich eine Mehrheit heraus, die umso breitere Zustimmung fand, je konturenloser sie war.

28.04.2019

Prinz Konstantin von Bayern

Eigentlich verklären Rückblicke im der Regel das Vergangene. Man will ein schönes und erfolgreiches Leben gehabt haben. Und das hatte ich wahrlich. Nicht nur privat und beruflich. Auch in der Politik. Allein schon die ersten sechzehn Jahre in der Jungen Union als Münchner und stellvertretender Bayerischer Landesvorsitzender. In der 68er-Zeit, die auch die Mitglieder des CSU Nachwuchses sozialisiert hat. Da ging es eben nicht in erster Linie um Karrieren oder um reine Sachpolitik. Man wollte in dieser Welt etwas bewegen - zum Besseren.

Auch in der CSU hatte ich viele Jahre Glück. Etwa von 1965 bis 1969. Zusammen mit meinem Freund Erich Schosser war ich Herausgeber des Münchner CSU-Periodikums „Münchner Blätter". Das war ein Unikum in der Parteienlandschaft. Da durfte jedes Mitglied schreiben, was es wollte, es ging dabei oft ganz schön zur Sache und Erich Hartstein, der Chefredakteur der SZ-Beilage „Münchner Stadtanzeiger" wartete immer ungeduldig auf unsere neueste Ausgabe, um daraus zu zitieren.

Heute kann man sich gar nicht mehr vorstellen, welchen Stellenwert die Berichterstattung über Kommunalpolitik vor einem halben Jahrhundert in München hatte. Die Stellungnahmen der Parteien wurden oft seitenweise abgedruckt, mit deftigen Kommentaren versehen und am spannendsten waren die Attacken der Jusos gegen die SPD und das ständige Aufmotzen der JU gegen die eigene Stadtratsfraktion, die nur als Wurmfortsatz der absoluten SPD-Mehrheit wahrgenommen wurde.

Aber zurück zu unserer eigenen Zeitschrift.
Dieses Ausmaß an innerparteilicher Meinungsfreiheit war nur möglich, weil der Münchner Parteivorsitzende eigentlich kein

Politiker war, - im Gegensatz zu seinem Nachfolger Erich Kiesl, dem dieser Kontrollverlust ein Gräuel war und der nach seiner Wahl unsere Zeitung sofort einstellte und statt mir, der das ehrenamtlich gemacht hatte, einen teuren Pressesprecher einstellte, der ziemlich erfolglos blieb.

Konstantin von Bayern dagegen definierte sich primär als Wittelsbacher, der in der Nachfolge seiner königlichen Vorfahren das Wohl Bayerns zu bewahren und zu mehren hatte.
Aber er war im parteipolitischen Alltagsgeschäft nicht sozialisiert worden. Er war von außen dazu gekommen. Also fehlte ihm die Einübung ins politische Taktieren und Intrigieren. Sein Erfolgsgeheimnis war vollkommene Geradlinigkeit und Offenheit. Wurde ihm eine Bösartigkeit zugetragen, ging er unmittelbar auf den Urheber zu und konfrontierte ihn mit der Aussage. Das sorgte für Ruhe.

Anfang der sechziger Jahre wurde er in den Landtag gewählt (das oberbayerische Land spülte ihn mit Zweitstimmen geradezu ins Parlament), aber schon drei Jahre später kandidierte er in München Mitte für den Bundestag.
Nach seiner Nominierung interviewte ich ihn und fragte u.a. wie er denn gewählt werden wolle. Auf Absicherung über die Liste hatte er verzichtet und eine variable Zweitstimmenliste gebe es bei dieser Wahl nicht. Ich wollte etwas über seine Wahlkampfpläne erfahren, er antwortete mit der Gegenfrage, wie ich denn diese Kampagne führen würde. Da mich das Thema schon immer interessierte, entwickelte ich über eine halbe Stunde eine Konzeption, die er gespannt verfolgte und schließlich nur knapp sagte: „Toll, dann machen Sie das doch".
So wurde ich Wahlkampfleiter. Wir machten alles anders als bisher. Damals kam „Canvassing" in Mode, also die Wähler zu Hause aufzusuchen. Ich fand das belästigend und ich fand eine andere Lösung, den persönlichen Kontakt zum Wähler zu intensivieren:

Wir mieteten einen Wohnwagen, der jeden Tag mit Vorankündigung in einem anderen Teil des Wahlkreises stand. Wenn möglich war der Kandidat anwesend, wenn nicht, machten wir uns eine technische Neuerung zu Nutze. Wir kauften tragbare Fernsprecher, damals noch wahre Ungetüme, mit denen der Kandidat, wann immer möglich angerufen werden konnte. Und vieles andere ließen wir uns einfallen, so dass der „Spiegel" einen großen Bericht über den Wahlkampf in München Mitte brachte.

Konstantin gewann den Wahlkreis als einziger, alle vier anderen die SPD.

Er machte mir das Angebot, sein persönlicher Referent zu werden, Ich war gerade Rechtsreferendar geworden, für damals noch lange dreieinhalb Jahre, und sagte gerne zu. Nachdem Konstantin Münchner CSU Vorsitzender geworden war, berief er mich zum Pressesprecher.

Die vier Jahre mit meinem Freund Konstantin waren, um es ganz einfach zu sagen, eine schöne Zeit. Etwa die vielen Vortragsreisen durch ganz Bayern, bei denen ich immer gespannt darauf wartete, wie er in welcher Gegend begrüßt wurde. In Oberbayern natürlich meist mit „Königliche Hoheit", oder auf dem Land „Herr Prinz". Weiter im Norden korrekt „Herr von Bayern", so stand er auch im Telefonbuch, als es so etwas noch gab.

Am anregendsten waren unsere Gespräche über das Buch, das wir zusammen schreiben wollten. Konstantin war zwar von Beruf Journalist, hatte ein erfolgreiches Buch über Papst Pius XII. geschrieben, es fehlte ihm aber die Zeit, seine Überlegungen und das Ergebnis unserer Diskussionen über Außenpolitik selbst zu Papier zu bringen. Also schrieb ich - nicht nur das Vorwort.

Zur Buchpräsentation gaben wir im Bayerischen Hof einen Empfang, bei dem Konstantin das Buch „Die Zukunft sichern" signierte. Aus Spaß ließ ich ihn auch mein Exemplar signieren, er schrieb: „Für den Mit-Autor und Mit-Kämpfer Walter von seinem Konstantin".

Wie wichtig mir diese Zeile werden würde, konnte ich an diesem Abend nicht ahnen

Wenige Monate später starb mein damals bester Freund bei einem Flugzeugabsturz.

29.04.2019

Der pünktliche Haushalt

Bei der Durchsicht des Archivs fällt mir zufällig der Text meiner Haushaltsrede vor ziemlich genau dreißig Jahren in die Hände. Gerade ihr Beginn ist ein interessantes Zeitdokument. Ich zitiere:

„Fast ein Jahr ist vergangen seit dem 26. November 1986. An diesem Tag lehnte der Stadtrat zum ersten Mal in seiner Nachkriegsgeschichte einen Haushaltsentwurf des Oberbürgermeisters ab. Die Öffentlichkeit war beunruhigt, ja es wurde bereits die Frage diskutiert, ob nun ein Staatskommissar die Landeshauptstadt verwalten müsse.

Ihnen, Herr Oberbürgermeister, war es nicht gelungen, eine Mehrheit für den Haushalt zu finden. Sie hatten damals weder der Willen noch die Fähigkeit zur Herstellung einer Mehrheit. Ihre chaotische Schaukelpolitik zwischen den Fraktionen war erkennbar gescheitert. Weder die CSU noch die Grünen waren länger bereit, sich zum Spielball machen zu lassen. Der zwei Jahre lang in der Presse gerühmte Politjongleur Georg Kronawitter hatte sich übernommen.

Meine Rede zum Haushalt 1987 leitete ich mit den Worten ein: Die Situation spiegelt lediglich die Verhältnisse im Münchner Stadtrat wider: Es gibt keine Mehrheiten.

Und heute, ein Jahr später?

Der Haushalt von 1988 wird termingerecht verabschiedet werden... Die Gestaltungsmehrheit aus CSU, FDP und USD garantiert
dafür ...

30.04.2019

Mut

Man müsse mutiger sein, tönt es von Rot-Grün bei der Diskussion
über die „autofreie Altstadt". Mut? Welch eine Begriffsverwirrung.
Ich zitiere Wikipedia:
„Mut bedeutet, sich in eine gefahrenhaltige Situation zu begeben."

Unsere so mutigen Grün-Roten begeben aber nicht sich selbst,
sondern andere in Schwierigkeiten, etwa alle Geschäftsleute, die
Probleme haben, beliefert zu werden, oder Menschen, die Ärzte
oder Juristen aufsuchen müssen, ganz abgesehen von den öffent-
lichen Parkhäusern, die darauf angewiesen sind, angefahren zu
werden. Ist das nicht mehr möglich, müssen sie schließen, was für
sie nicht besonders tragisch ist, denn den Verlust muß die Stadt ersetzen. Aus meinem Studium erinnere ich mich an einen schönen
Juristenbegriff: „Eingriff in einen eingerichteten und ausgeübten
Gewerbe-Betrieb" oder so ähnlich.

Juristische Ausführungen sind übrigens unserem OB ein Gräuel,
wie ich heute nach einer Rede mit rechtlichen Ausführungen am
eigenen Leib erfahren durfte.

Ziel der Kritik der reanimierten Rot-Grünen ist das Planungsreferat, das sich wirklich angemaßt hat, auf Probleme bei der Einführung des Null Auto Populismus hinzuweisen. „Warum erst prüfen,
sofort realisieren" tönt es. Schließlich stehe eine Stadtratsmehrheit
aus SPD, Grünen, Linke, ÖDP Gewehr bei Fuß.

All das ist nur erklärbar durch die Kommunalwahl in knapp zehn Monaten, befeuert von den unerwarteten Ergebnissen der Landtagswahl im letzten Jahr. Mit den meisten Direktmandaten die Grünen, die seither vor lauter Kraft kaum mehr laufen können. Und einer ehemaligen „München-Partei" SPD, die in München auf Rang drei abgerutscht, inhaltlich entleert nur noch den grünen Themen nach hechelt.

Eine Wahlkampfwaffe jedoch glauben die Roten wie immer zu haben: Man braucht ein Feindbild. Gefunden wurden die Stinker, das Auto. Und gerade nach dem Dieselskandal war die Polarisierung naheliegend, ohne Gut und Böse läuft keine Kampagne. Die Guten sind die Radler, die Bösen die Autofahrer, die die „Verkehrswende" noch immer ignorieren, ja sogar so ignorant sind, die Autozulassungen in München immer noch steigen zu lassen.

22.05.2019

Vor Zehn Jahren...

Mir fällt ein Artikel in die Hände, den ich aus Spaß geschrieben hatte und der dem Lokalchef der SZ so gut gefiel, dass er ihn, nicht als Leserbrief, sondern als „Lokalspitze" veröffentlichte - und zwar genau heute vor zehn Jahren.

„Handy an, Traum aus"

Ich liebe es, mit der S-Bahn zu fahren. Nicht weil man so schnell durch die Stadt kommt. Ich habe Zeit, alle Zeit der Welt. Von mir aus könnte jede Fahrt länger dauern. Ich liebe diese Fahrten, weil ich Menschen beobachten kann. Sie eilen nicht an mir vorbei. Sie stehen oder sitzen da, länger oder kürzer, man kann sie in Ruhe anschauen, kann sich ein paar auswählen und sich so seine Gedanken über sie machen.

Am schönsten ist es natürlich, wenn Dir ein hübsches Mädchen gegenüber sitzt. Es schaut Dich zwar nicht an. Das tun sie nie, sie blicken ganz betont an Dir vorbei. Die ganze Fahrt über. Aber das macht nichts. Du schaust die junge Frau an - nicht zu direkt, eher beiläufig - und kannst Dich für einige Zeit in sie hinein träumen. Du kennst sie nicht. Du weißt nichts über sie. Das läßt alle Möglichkeiten offen.

So war das einmal. Aber seit es Handys gibt, ist der Zauber verflogen. Heute gibt es eine klare Regel: Je hübscher ein Mädchen ist, mit desto größerer Wahrscheinlichkeit telefoniert es, manchmal sprechend, manchmal lauschend, aber ohne Pause. Und der Zauber l früher? Er ist verflogen. Entweder hat die Hübsche einen Dialekt, der alle Romantik zunichte macht, oder - noch schlimmer - sie spricht mit ihrem Freund. Früher, sie ansehend, konntest Du Dir die wildesten, verrücktesten Gedanken machen: Sie ist sicher solo, noch auf der Suche nach den Richtigen. Oder sie hat gerade eine Beziehung beendet und ist wieder offen für alles.

Jetzt aber turtelt sie mit ihm, der offenbar auch noch kochen kann: „Ja Schatz, Wiener Schnitzel, das ist supercool." Du willst das alles gar nicht hören. Es gibt keine S-Bahn Träumereien mehr. Ich bin für Handy-Verbot in der S-Bahn. Aber es soll noch schlimmer kommen: Handys auch in der U-Bahn.

Ich steige wieder aufs Auto um.

01.08.2009

Herbert Schwarzriese

Natürlich wollte ich die Glosse nicht unter meinem Namen veröffentlicht sehen und bat die SZ, selbst ein Pseudonym zu suchen. Sehr unkenntlich fiel es aber nicht aus.

Wie man in anderen Erinnerungen weiter vorne sehen kann, hat mich die Handy - Geschichte immer wieder beschäftigt.

11.08.2019

© 2021 Walter Zöller

Herausgeber: Walter Zöller
Verlag: LechnerMedia , Bifangweg 14, 80999 München

ISBN:
978-3-926858-70-2
978-3-926858-71-9
978-3-926858-72-6

Haftungsfreistellung:
Der Verlag haftet in keiner Weise für den Inhalt des Buches, auch nicht für evtl. auftretende Persönlichkeitsrechtsverletzungen oder sonstige Rechtsverletzungen. Hierfür ist der Herausgeber alleine verantwortlich.

Das Werk, einschließlich seiner Teile, ist urheberrechtlich geschützt. Jede Verwertung ist ohne Zustimmung des Verlages und des Autors unzulässig. Dies gilt insbesondere für die elektronische oder sonstige Vervielfältigung, Übersetzung, Verbreitung und öffentliche Zugänglichmachung.
Bibliografische Information der Deutschen Nationalbibliothek: Die Deutsche Nationalbibliothek verzeichnet diese Publikation in der Deutschen Nationalbibliografie; detaillierte biblio-grafische Daten sind im Internet über http://dnb.dnb.de abrufbar.

FSC
www.fsc.org
MIX
Papier | Fördert
gute Waldnutzung
FSC® C083411

Zeitfracht Medien GmbH
Ferdinand-Jühlke-Straße 7
99095 Erfurt, Deutschland
produktsicherheit@kolibri360.de